Brücke des Tanzes

Sharam Qawami

BRÜCKE DES TANZES

Roman

Verlag Tasten & Typen

1. Auflage 2017
© Verlag Tasten & Typen, Tabarz
Alle Rechte vorbehalten
Satz und Gestaltung: Wolfgang Möller, Waltershausen
Titel-Illustration: Thomas Offhaus (VBK)

ISBN 978-3-945605-22-6

Für Jama Maqsudi

Wenn die Masse lügt, wird es als Wahrheit betrachtet, aber wenn einige etwas Ungewöhnliches sagen, werden sie als Abtrünnige gebrandmarkt.

(Sharam Qawami)

Erster Teil

Die Stadt liegt im Abendlicht. Das Gesicht der Frau ist im Schatten verborgen. Hoch über allem dreht sich unablässig ein großer Neonring im strahlenden Licht, drei weiße Pfeile eingrenzend, jeder sternförmig in eine andere Richtung weisend. Das Wahrzeichen der Stadt und eines reichen Landes.
Obwohl er seit vierundzwanzig Jahren in dieser Stadt lebt und dieser Ring sich in all den Tagen und Nächten genauso drehte, hatte er ihn niemals angeschaut. Als er in dieses Land floh, trug er ein so kummervolles Bild im Kopf, dass er kein weiteres Bild mehr beachten konnte. Im Laufe der Jahre war es dann verblasst. Wie das Schild eines Geschäftes, das wir jeden Tag sehen, uns aber nicht mehr erinnern können, wenn jemand danach fragt. Als er noch in seiner Heimat war, hatte dieses Zeichen eine ganz andere Bedeutung für ihn. Auf einem dunkelblauen Wagen symbolisierte es den großen Klassenunterschied zwischen ihm und seinen Nachbarn. Aber in diesem Moment beschäftigt ihn eine ganz andere Frage, die ihn völlig gefangen nimmt. Obwohl das Gesicht der Frau am Tisch nur undeutlich zu sehen ist, kann er doch spüren, dass sie ihm direkt in die Augen schaut.
Er senkt seinen Kopf und schaut in sein Glas. Noch ist der Schaum des Biers nicht verschwunden. Er heftet die Augen auf das Glas, aber seine Gedanken schweifen wieder ab. Seine Augen bleiben haften, während sich seine Gedanken davonmachen: Zur ersten Verteidigungslinie. In jene Morgendämme-

rung, in der sich ein Erdhaufen auf ihn zuschob. Er wachte auf und griff zu seiner Waffe. Ein ungewöhnlicher Lastwagen erschien oberhalb des Schützengrabens. Verwundert erkannte er das Markenzeichen des Wagens. In den letzten Jahren des Krieges waren alle Dinge an der Front gebrechlich und schrottreif geworden. Ein neuer orangefarbener Mercedes-Lastwagen war in der ersten Verteidigungslinie genauso ungewöhnlich wie das Erscheinen einer Frau. Der Lastwagen rutschte nach unten und verschwand aus seinem Blick. Er kroch aus dem Schützengraben. Der Lastwagen war hinter dem Schützengraben zum Stehen gekommen. Issa saß unbeweglich im Führerhaus. Er rief Issa an. Keine Antwort. Er rannte nach unten und riss beunruhigt die Lkw-Tür auf. Issas Gesicht war von einer Kugel getroffen worden. Der Mann kreischte so laut, dass alle Mitkämpfer aus dem Schlaf gerissen wurden. Verwirrt rannten sie durch den Schützengraben und krochen nach oben.

Issa, der unbesiegbare Kommandant, war tot. Sein einziger Freund heulte herzzerreißend in einer seltsamen Sprache. Nach einigen Sekunden sagte ein Rotschopf erstaunt zu den anderen Soldaten: „Ich glaube, der Kommandant war ein Kurde."

„Oder ein Armenier?"

„Nein, er schluchzt kurdisch. Ich weiß das, ich hab in Kurdistan gedient."

Für den Mann, der im Führerhaus weinte, war das Spiel vorbei. Er konnte seine Herkunft nicht länger verstecken. Mit diesem Verlust wurden alle seine Ziele und Wünsche vernichtet.

Er glotzte in Issas Gesicht und war schockiert. In Issas Gesicht fand sich keine Spur von Angst oder Wut. Sein Tod war friedlich gewesen, so wie er es gestern beschrieben hatte, einige Stunden, bevor eine Kugel seine Stirn traf.
Issa hatte vorher niemals über den Tod gesprochen. Er gab seinen Soldaten immer das Gefühl großer Hoffnung, damit sie in den gefährlichen Situationen kämpfen konnten. Nur gestern Abend war er anders. Nachdem er den Regimentskommandeur nicht hatte überzeugen können, den Plan des Angriffs zu ändern, kehrte er wieder zum Schützengraben zurück. Mit einem starken und andauernden Lachen stieg er aus dem Stabswagen. Ein magerer Soldat rannte zu ihm und fragte:
„Kommandant, wurde der Angriffsplan geändert?"
„Nein!"
„Aber dieser Plan ist undurchführbar! Haben sie selbst mit dem Hadschi gesprochen?"
„Ja. Wir müssen sterben, damit solch ein Idiot versteht, dass seine Meinung falsch ist."
Anders als sonst rief er nicht nach dem Gebetstuch, sondern nach dem Tee. Der hübscheste Soldat dieses Kriegsgebiets brachte ihm Tee in einem Metallglas und fragte:
„Kommandant, haben Sie im Ernst gesagt, dass wir sterben werden?"
„Du nicht, du bleibst im Schützengraben."
„Aber warum?"
„Weil du sterben willst und solche Soldaten in der ersten Verteidigungslinie die wertvollsten sind."

„Aber Sie haben doch auch keine Angst vor dem Tod."
„Ich fürchte den Tod nicht; aber du liebst den Tod."
„Ich muss aber den Märtyrertod erleiden. Ich hab Imam Saman versprochen, noch vor diesem Sommer zu ihm zu fliegen."
„Wenn du Eile hast, kannst du dich auch sofort umbringen."
„Warum reden Sie mit mir wie mit einem Kind? Das wäre Selbstmord, die Mutter der Sünde, aber der Märtyrertod ist die größte Ehre."
„Beide Todesarten sind Selbstmord."
„Sie sind ein Egoist. Sie haben keine Angst, weil Sie vor uns den Märtyrertod erleiden wollen."
Seine Worte brachten Issa erneut laut zum Lachen. Nach längerer Zeit wurde er wieder ernst. Er hob das Glas vom Boden auf und sagte: „Das ist ein Befehl vom Stab."
In drei Stunden musste Issa mit der Hälfte seiner Soldaten einen Hügel des Feindes stürmen. Vor jedem solcher Angriffe versammelten sich die Soldaten und sprachen über ihre letzten Wünsche oder über das, was ihnen vor ihrem vermutlichen Tod am wichtigsten war. Nachdem Issa seinen letzten Funkspruch abgesetzt hatte, ging er zu seinen Mitkämpfern. Sie saßen um ein spärliches Feuer herum, das einen kleinen Teil des Schützengrabens beleuchtete. Obwohl er langsamen Schrittes auf sie zukam, standen alle auf und blieben so lange stehen, bis er in ihrem Kreis saß. Die Anwesenheit des Kommandanten ließ sie verstummen und das Knistern des

mageren Feuers konnte das große Schweigen von zwanzig Soldaten nicht übertönen. Am Ende musste Issa die Stille, die er mitgebracht hatte, selbst unterbrechen. Er ging zum Feuer, hob den schwarzen Wasserkessel, goss sich Tee in ein Metallglas, kehrte dann wieder zu seinem Platz zurück und sagte: „Ich trink den Tee und gehe. Ich hab euch eure Gespräche verdorben."
Der Rotschopf entgegnete: „Im Gegenteil, wir freuen uns, dass du da bist."
„Wenn das so ist, warum habt ihr dann aufgehört zu reden?"
„Weil wir keine Worte mehr finden."
Der magere Soldat sagte: „Kommandant, darf ich Ihnen eine Frage stellen?"
„Ja."
„Haben Sie überhaupt keine Angst?"
„Natürlich hab ich Angst. Ich bin auch ein Mensch."
„Aber alle Soldaten, die Sie kennen, glauben, dass Sie keine Angst haben. Heute haben Sie es auch selbst gesagt."
„Angst wovor?"
„Vor dem Tod."
„Ich hab keine Angst vor dem Tod. Aber dies hat mit meiner Fähigkeit nichts zu tun. Ich hab keine schreckliche Erinnerung an den Tod. Willst du wissen, warum?"
„Ich glaube, alle möchten das wissen."

Issa sah in der Runde jeden seiner Kameraden an. Alle Soldaten ermutigten ihn durch Kopfnicken. Sein Glas auf den Boden stellend, sagte er: „Als ich sechs Jahre alt war, hat die einzige Schwester meiner Mutter ein Kind zur Welt gebracht. Es war krank, weshalb meine Tante mit ihrem Mädchen drei Monate lang zu uns gezogen war. Da ich das einzige Einzelkind in unserem Viertel war, hab ich es besonders geliebt. Eines Tages hatte meine Mutter mir gesagt: Geh in Soraws Haus und bleib dort, bis wir wieder zurückkommen!
Als ich sie gegen Abend zu Hause wieder sah, war das Mädchen nicht mehr bei ihnen. Ich habe nach ihm gefragt. Meine Mutter sagte, es wäre bei seinem Vater. Ich hab ihr nicht geglaubt, weil ich am Tag zuvor ein Gespräch zwischen ihr und einer Nachbarin belauscht hatte. Die beiden flüsterten nur. Trotzdem hab ich meine Mutter sagen hören, der Arzt habe ihr mitgeteilt, das Mädchen werde sterben.
Ich konnte mir damals kein Bild vom Tod machen. Ich hab nur gewusst, dass er keine gute Sache ist. Ich hab heimlich unser ganzes Haus nach ihm durchsucht, bis ich ein verschlossenes Zimmer entdeckte.
Ich bin in den Hof gegangen und durch das Fenster in das Zimmer geklettert. Das Mädchen lag in einem purpurfarbenen Korb. Es war ruhiger als sonst. Seine Hände waren fest an den Unterkiefer gedrückt, der rote Mund leicht geöffnet, die Lippen fleckig von erbrochener Milch. Ich hab es umarmt und mehrmals geküsst.

Seit damals sehe ich den Tod wie ein Neugeborenes, das nach Milch riecht."

Für einige Momente roch die Karosserie nach Milch, dann stank es dort wieder nach Blut und Schießpulver. In Issas Gesicht war nur die Spur einer Kugel, wie ein Muttermal, aber er wusste, das war nur ein Trugbild. Bestimmt gab es an seinem Hinterkopf ein schreckliches Loch, aus dem sein Gehirn herausgespritzt war. Eine geschwollene Hirnmasse, die ganz mit schwarzem Blut durchmischt war.
Diese Vorstellung hat sich tief in seinen Geist eingebrannt. Er überlegt: Wie denkt diese Deutsche über den Tod? Welches Bild hat sie in ihrem Kopf? Vielleicht eine hundertjährige Frau, die vom Fahrrad steigt und sagt: Ich bin müde.
Er hebt seine Augen und schaut sie an. Sie sieht ihm immer noch ins Gesicht. Nun ist der Bierschaum ganz verschwunden. Er nimmt sein Glas vom Tisch. Gleichzeitig hebt sie auch ihr Glas. Bevor sie ihre Gläser wie üblich aneinanderstoßen, fragt er sie:
„Weißt du, warum die Menschen ihre Weingläser erklingen lassen?"
„Warum?"
„Man sieht mit den Augen den Wein, schmeckt ihn durch die Zunge ab, riecht ihn durch die Nase, berührt ihn durch die Hände, nur die Ohren sind nicht beteiligt. Auch dieser fünfte Sinn ist einzubeziehen, um so den Wein umfassend zu genießen."
„Eine schöne Geschichte."
Soraw sieht hinter ihrem Gesicht wieder den Dreh-

kreis des Sterns. Er möchte fragen, welche Bedeutung dieses Symbol für sie hat. Die Frau bringt aber ihr Glas zum Mund. Er trinkt auch einen Schluck und fragt sie.
„Was denkst du über den Tod?"
„Ich sehe den Tod ganz schwarz."
„Dann frage ich anders: Wenn du an den Tod denkst, welches Bild kommt dir als erstes in den Kopf?"
„Ein schwarzes Bild."
„Das wollte ich nicht hören, sondern an welchen Ort, zu welchem Menschen gehen deine Gedanken, wenn du das Wort Tod hörst oder liest?"
„Wenn ich dieses Wort in der Zeitung lese oder in den Sendungen höre, ist es für mich nichts Besonderes. Aber wenn dieses Wort in meinem Kopf klingt, dann erinnert es mich an einige alte Menschen, zum Beispiel an meine verstorbene Großmutter."
„Wie alt war sie?"
„Sie war fünfundneunzig."
Soraw sieht wieder das Bild der hundertjährigen Fahrradfahrerin vor sich. Letzten Winter, als er in einer Schneenacht in der Königstraße auf einer kalten Metallbank saß, stellte sich zum ersten Mal dieses Bild in seinem Kopf ein. Da war niemand. Die bekannteste und lebhafteste Straße Stuttgarts war vollkommen leer. Er hatte immer das Gefühl, dass diese Straße ihm gehöre, wenn niemand dort war. Er sah kaum in ein Schaufenster oder auf ein Schild. Er sah die Menschen, die nicht dort waren und hörte das Fehlen der Stimmen der anderen, die in ihren Betten schliefen. Währenddessen fielen fast zwan-

zig Zentimeter Schnee. Überall war Weiß. Plötzlich erschien ein Mann, Körper und Kleidung von Schnee bedeckt. Er stand ganz in seiner Nähe. Er öffnete einen Sack und nahm eine Geige heraus. Soraw ärgerte sich. Er fragte sich, warum ein Mensch mitten in der Nacht das schöne Schweigen dieser Straße verwirren sollte.

Er stand auf und ging an ihm vorbei. Da begann der Geiger zu spielen. Soraw blieb wie angenagelt stehen. Ohne dass er den Schnee von der Bank wischte, setzte er sich beunruhigt. Der Geiger spielte eine Sonate von Schubert, die ihm gut bekannt war. Bis vor fünf Jahren weckte in ihm diese Sonate immer ein starkes Gefühl, das ein Gemisch aus Liebe und Sorge war um eine Deutsche, die vielleicht nicht mehr lebte.

Als er vor vierundzwanzig Jahren aus dem Iran fliehen musste, blieb er wegen ihr in Deutschland, obwohl er hörte, dass da das Leben für einen Ausländer schwerer war als in anderen Ländern. Die Frau hieß Margret. Im Iran sagte er Magi zu ihr. Sie arbeitete für das Rote Kreuz, das man im Iran den Roten Halbmond nennt. Sie war nicht besonders schön, aber flink und süß. Sie hatte einen Fotoapparat und großes Interesse daran, an die Front zu gehen, um aus ihrer Perspektive den Krieg festzuhalten. Er und auch Issa halfen ihr viel, obwohl sie wussten, dass dieses Unternehmen völliger Unsinn und auch gefährlich war. Sie musste militärische Kleidung und einen falschen Bart tragen, um an die Front gehen zu können. Im Lauf von neun Monaten entstand eine tiefe Freundschaft zwischen ihnen. Aber plötzlich war sie verschwunden. Er konnte sie weder im Iran, noch in Deutschland finden. Er lebte jahrelang mit den fantastischen Erinnerungen an den heimlichen Beischlaf mit ihr, aber auch mit der Trauer über ihren vermeintlichen Tod. Erst nach einundzwanzig Jahren konnte er sie in einer Kleinstadt in der Nähe von Köln wiederfinden.

Er ging am frühen Morgen zu ihr. Sie lebte in einem prächtigen Haus mit einem großen Garten. Es sah nicht aus wie das Haus einer alleinstehenden Frau. Im Haus brannte Licht. Er setzte sich an die gegenüberliegende Straßenseite. Falls sie Kinder hätte, müsste sie diese bald zum Kindergarten oder zur Schule bringen. Nach einer Stunde öffnete sich die Tür. Dann trat die Frau allein in den Garten. Er stand auf und schaute sie genau an. Sie trug ein ärmelloses, olivgrünes Hemd und einen hellorangenen Minirock. Sein Herz begann schneller zu schlagen. Er sah denselben Körper, den er vor einundzwanzig Jahren so oft umarmt hatte. Sie war noch dieselbe Frau, mit der er so oft geschlafen hatte, aber er hatte sie niemals in solchen Kleidern gesehen. Sie hatte immer die islamische Kleidung an und so angezogen mit ihm geschlafen. Im Laufe der neun Monate konnte er sie nur einmal ganz nackt sehen, in der ersten Verteidigungslinie, auf einem Lastwagen, in einer mondhellen Nacht. Danach konnte er diesen Körper nie mehr vergessen, obwohl er noch mit unzähligen Frauen geschlafen hatte. Jetzt steht sie ihm als leibhaftig gegenüber. Sie ging zu einem Fahrrad.

Er überquerte die Gasse und lief zur Kreuzung. Da blieb er stehen, drehte sich um und wartete, bis das erste Rad ihres Fahrrads sichtbar wurde. Nach einigen Sekunden sah er ihr direkt in die Augen. Sie würde vorbei fahren, wenn er sie nicht bei ihrem Namen riefe. Sie wunderte sich, stieg vom Fahrrad und streckte ihm freundlich ihre Arme entgegen.
„Good morning."
„Good morning."
„How are you?"
„You must be quite well meeting an old time friend."
„I am also glad to see you again."
„You're going to work?"
„Yes, and what are you doing here?"
„I go into the forest. Do I have permission to walk in your town?"
Sie betrachtete seinen Trainingsanzug und sagte leise: „But of course my honey."
Gleichzeitig sah sie auf ihre Uhr und ergänzte:
„I have to go unfortunately."
Mit einer förmlichen Stimme sagte er zu ihr: „Wenn du willst, kann ich dir meine Handynummer geben."
Sie sagte erstaunt: „Dein Deutsch ist großartig. Ja, gerne."
„Hast du dein Handy dabei?"
„Leider nicht."
Sie schaute wieder auf ihre Uhr und wollte weiterfahren. Soraw hatte eine Visitenkarte dabei, aber er sah ihr nur tief in die Augen und sagte:
„Goodbye."

Und sie antwortete mit einem freundlichen Ton: „Auf Wiedersehen."

Soraw verließ sie schnell und dachte dabei, dass „Auf Wiedersehen" keine gute Antwort auf Goodbye ist. Nach einigen Sekunden hörte er, wie sie wieder abstieg. Aber er drehte sich nicht um und lief weiter auf den Wald zu. Als sie vor einundzwanzig Jahren unerwartet verschwunden war, glaubte er nicht, dass sie ihn einfach verlassen hatte. Er hatte mit großer Sorge überall nach ihr gesucht. Aber niemand konnte oder wollte ihm eine eindeutige Antwort geben. Am Ende hatte er angenommen, dass sie auch eins von den zahllosen Opfern des Krieges geworden war. Aber er konnte sie nie vergessen. Er erinnerte sich an sie, so oft er das Wort Germany hörte, bei jeder Sonate von Schubert, und besonders bei Vollmond. Viele Male hatte er an ihren Körper gedacht, während er onanierte. Dann bekam er immer Gewissensbisse, weil er dachte, dass er die Seele eines verstorbenen Menschen vergewaltigte, obwohl er Atheist war.
Einundzwanzig Jahre lang sah er sie als ein Opfer des Krieges, dabei war sie jeden Tag Fahrrad gefahren. Jetzt schien es ihm so, als würde sie immer so gemütlich Fahrrad fahren, bis sie hundert Jahre alt sein würde. Sie würde dieser Wiederholung nie müde werden, genau wie dieser weiß strahlende Ring, der sich jeden Tag und zu allen Jahreszeiten ständig drehte. Wenn sich dieser Ring drei Mal in der Minute dreht, wird er sich pro Stunde hundert-

achtzig Mal drehen. Plötzlich möchte er unbedingt wissen, wie oft in der Minute sich dieser Kreis dreht. Er hebt seine Hand und schaut auf seine Uhr.
„Hast du Eile?"
Er verstand nicht, warum Kirsten dies fragte.
„Nein, ich habe nichts zu tun."
„Bist du sicher?"
Er kann verstehen, dass in ihrer Frage ein großer Zweifel an seiner Antwort liegt. Bestimmt, Kirsten ist klug genug, um den Grund seiner schlechten Laune zu verstehen. Wenn sein Schweigen länger dauert, kann sie es durchaus missverstehen. Aber die wahre Antwort kann er ihr nicht geben. Bestimmt fände sie es lächerlich, wenn er sage, er hätte versucht, die Geschwindigkeit des Ringes zu messen.
„Kirsten, ich glaube auch, dass alle Menschen mindestens einige Minuten am Tag Kind sind. Ich war es soeben eine kurze Zeit, bevor du mich dabei überrascht hast. Ich habe über eine ganz komische Frage nachgedacht."
„Was für eine Frage?"
„Ich wollte wissen, wie viel Mal in der Minute das Sinnbild des Mercedes sich dreht."
Diese Antwort weckt in ihr ein tiefes und schönes Lachen.
„Interessant, aber warum willst du das Tempo dieses Sterns messen?"
„Für meine Kindheit."
„Soraw, hast du ein Problem?"
„Was für ein Problem?"
„Keine Ahnung, aber du bist heute Nacht ungewohnt

still. Warum hast du mich nach dem Tod gefragt?"
„Findest du das eine widernatürliche Frage?"
„Na ja."
„Bei mir ist das ganz anders, ich habe immer mit solchen Fragen gelebt. Ich weiß, dass ihr Deutschen pragmatisch seid. Ihr möchtet über zukünftige Sachen sprechen, über die Medikamente, Biolebensmittel oder fairen Handel. Aber ich kann mich nicht von meiner Vergangenheit lösen. Ich lebe immer dort, auch wenn ich über die Zukunft nachdenke."
„Warum redest du nicht mit mir über deine Vergangenheit? Ich mache mir Sorgen um dich."
„Warum?
„Weil ich dich liebe."
„Wieso?"
„Die Liebe steht hier nicht in Frage. Es gibt in der Welt Millionen von Menschen, die einen anderen Menschen lieben. Ich kann auch einer von ihnen sein."
„Das glaube ich nicht. Man kann viele glückliche Paare auf den Straßen sehen. Man sieht unzählige cineastische Küsse, aber solche prunkvollen Inszenierungen betrügen nur den leichtgläubigen Menschen."
„Aber du hast dich auch in eine Frau verliebt und liebst sie noch immer."
„Was für eine Frau?"
„Die Frau, deren Name auf deinem Arm tätowiert ist."
„Ich habe dir aber schon oft gesagt, dass es der Name eines Mannes ist."

„Mann oder Frau ist nicht so wichtig. Du liebst diesen Menschen."
„Aber dieser Mann ist vor vierundzwanzig Jahren gestorben."
„Das tut mir echt leid …, wir haben über die Liebe gesprochen. Wenn du nach so vielen Jahren einen Menschen liebst, bedeutet das, dass die Liebe keine Lügengeschichte ist."
„Erstens, ich habe nicht gesagt, dass die Liebe eine verlogene Sache ist. Aber wenn zwei Menschen sich wirklich lieben, brauchen sie dies nicht zur Schau zu stellen. Sie genießen einfach ihre Beziehung. Deshalb sind solche Beziehungen unsichtbar. Zweitens, das Verhältnis, das zwischen mir und Issa bestand, kann man nicht Liebe nennen. Das Wort Liebe ist etwas ganz anderes. Zwischen uns war ein starkes Gefühl, das von einem gleichen Ziel, vom gleichen Schicksal und von absolutem Vertrauen geprägt war. Das Wort Liebe wird diesem Gefühl nicht gerecht, aber ich kenne in der deutschen Sprache keinen anderen Ausdruck dafür."
„Doch, doch, das Wort Liebe kann auch eine solche Beziehung beschreiben."
„Nein, Kirsten, die Liebe beschreibt eine idealistische Beziehung, aber unsere Freundschaft war eine realistische Beziehung. Wir hatten die gleiche Vergangenheit, Gegenwart und Zukunft. Deshalb habe ich meine Zukunft für immer verloren, als er starb."
„Aber das ist nicht normal. Vierundzwanzig Jahre sind eine sehr lange Zeit. Du musst mit einem Psychiater darüber sprechen."

„Vor acht Jahren habe ich mit einem gesprochen. Am Ende hat er mir gesagt, was vorbei ist, ist vorbei und ich müsse meine Vergangenheit vergessen."
„Das ist aber auch richtig. Du sollst mit einer vergangenen Sache abschließen."
„Natürlich versuche ich mich von den qualvollen Erinnerungen zu befreien, aber sie werden immer stärker und wirklicher. Erst vor einer Woche haben wir miteinander geschlafen, ich habe es fast vergessen, aber ich erinnere mich ganz deutlich und in allen Details an den Tag von Issas Tod, der vor bald drei Jahrzehnten geschah."
„Wenn du immer darüber nachdenkst, vergisst du es natürlich nicht."
„Ich habe immer versucht, diese schmerzhafte Erinnerung zu vergessen. Ich habe die Namen aller meiner neunzehn Kameraden, die am selben Tag mit mir zusammen waren, vergessen, aber ich erinnere mich ganz genau an ihre Gesichter und ihre Reden, so als ob alles gestern passiert wäre."
„Warum gehst du nicht zu seinem Grab? Man kommt immer zur Ruhe, wenn man zum Grab eines geliebten Menschen geht."
„Vielleicht. Ich habe selbst sein Grab gegraben, aber ich konnte an seiner Beerdigung nicht teilnehmen. Nach diesem Tag bin ich aus dem Iran geflohen und nie wieder dorthin zurückgegangen."
„Hast du Sehnsucht nach deiner Heimat?"
„Ich vermisse sehr die Berge Kurdistans, die Wüsten des Süd-Iran, die Straßen und Gassen meiner Stadt. Aber ich möchte alles menschenleer sehen.

Wenn ich an meine Heimat denke, möchte ich am liebsten niemanden dort antreffen."
„Hasst du deine Landsleute?"
„Ja, ich hasse einige Leute, aber die meisten sind für mich ganz fremd. Ich habe dort niemanden, den ich sehen möchte."
„Aber deine Mutter und deine Geschwister leben noch dort und alle deine Verwandten."
„Ich spreche mit keinem von ihnen. Als ich in Deutschland angekommen war, habe ich versucht, mit ihnen zu telefonieren, aber sie wollten nicht mit mir sprechen. Nach einigen Jahren kehrte es sich unerwartet um. Nun wollten sie mit mir reden, aber ich nicht mehr mit ihnen. Jetzt habe ich wieder dasselbe Gefühl. Ich will sie nie mehr sehen. Sie schicken mir jeden Tag durch Facebook neue Bilder von ihren Kindern, von den neuen Hochzeiten. Aber ich antworte ihnen nicht mehr."
„Soraw, wer sich von seiner ganzen Vergangenheit nur an einen einzigen Tag erinnert, kann natürlich einen normalen Tag leicht vergessen."
„Ich sehe es so, dass dieser Tag nicht nur wegen meiner Gedanken und Gefühle, sondern auch aufgrund seiner einzigartigen Ereignisse eine Ausnahme ist."
„Welches besondere Ereignis sollte an diesem Tag geschehen sein? An diesem Tag ist dein bester Freund gestorben. Das ist traurig, aber es kann nicht so einzigartig sein. Es gibt Millionen von solchen Geschichten in der Geschichte."
„Aber der Tod meines Freundes war nicht der ein-

zige Zwischenfall an diesem Tag. Der wichtigste war die Wahrheit, die ich an diesem Tag begriffen hatte."

An dieser Stelle versagt Soraw die Stimme und er beginnt am ganzen Körper zu zittern. Kirsten streckt ihre Hand über den Tisch, und legt sie auf Soraws Hände, die feucht von kaltem Schweiß nebeneinander liegen. Sie berührt seine Hände liebevoll und zärtlich. Nach einigen Sekunden werden seine Hände wärmer. Dann schaut sie ihm direkt in die Augen.
„Was für eine Wahrheit? Erzähl mir, du musst mir glauben, dass ich deine Freundin bin."
„Ich weiß. Du bist mein Rückhalt. Ich habe viel darüber nachgedacht, wie ich dir die Wahrheiten meiner Vergangenheit erzählen sollte. Ich vertraue dir. Das Problem liegt bei mir und hat mit dir nichts zu tun. Ich brauche mehr Zeit."
„Ok, wie du willst."
Sie nimmt ihre Hand von seiner und öffnet eine neue Flasche Bier. Soraw trinkt sein restliches Bier, stellt sein Glas neben ihre Hand und sagt:
„Kirsten, ich will nach Kurdistan gehen. Kommst du mit?"
„Wann?"
„Wann du Zeit hast."
„Natürlich komm ich mit."
Er steht plötzlich auf und streckt seine rechte Hand zu ihr aus. Sie gibt ihm ihre Hand und sagt: „Du brauchst aber mein Versprechen nicht. Ich komm gerne mit dir."

„Ich will dir kein Wort abnehmen. Ich will nur meinen Stuhl mit dir tauschen."
„Warum?"
„Weil dein Stuhl höher und wärmer ist."
Sie schiebt ihren Stuhl ein wenig zurück und steht auf. Ohne ihre Jacke, die am Stuhl hängt, mitzunehmen, geht sie um den Tisch herum, nimmt Soraw am Arm und sagt freundlich: „Setz dich auf den besseren Platz, mein Baby."
Er findet ihren Stuhl noch wärmer und höher, als er gedacht hatte. Kirsten setzt sich auf seinen Stuhl und findet sich niedriger als vorher. Überrascht stellt sie fest, dass sie jetzt wegen des Scheinwerfers sein Gesicht nur noch sehr undeutlich sehen kann. Aber hinter seinem Kopf leuchtet der Mercedesstern ganz deutlich. Sie starrt zum ersten Mal in ihrem Leben diesen Stern an.
Nach einigen Sekunden erfasst sie eine seltsame Wissbegier, die Geschwindigkeit dieses Sterns zu ermessen. Sie überlegt: Wenn man wüsste, wie viel Mal dieser Ring sich in der Minute dreht, dann könnte man auch wissen, wie viel Milliarden Mal er sich in den vergangenen sechzig Jahren gedreht hat. Aber warum muss dies überhaupt wichtig sein? Das wäre, als ob man das Atmen oder Blinzeln berechnen wollte. Und doch gibt es einen großen Unterschied zwischen den beiden Rechnungen. Es ist zu schwer oder ganz unmöglich, das Blinzeln oder das Atmen der Menschen in einem Jahr oder gar nur an einem Tag zu messen. Aber man kann es gut mit der Drehung unseres jungen Planeten in den letzten vier Milliarden Jahren vergleichen.

In diesen Gedanken verloren blickt sie auf ihre Uhr und erinnert sich plötzlich an Soraws Antwort, die sie so komisch gefunden hatte und fängt an zu lachen. Soraw sieht jetzt ganz deutlich ihr lachendes Gesicht. Er fragt sie nicht nach dem Grund dieses unerwarteten Lachens. Er blickt sie nur an. Ihre blonden Haare, die mit ihren türkisfarbigen Augen harmonieren, findet er immer wieder anziehend. Er schaut auf ihre Stupsnase, aber er sieht sie wie vor den zehn Jahren, bevor sie sie operieren ließ. Und obwohl ihre Zähne bei ihrer ersten Begegnung sehr schön waren, sieht er sie manchmal noch so, wie sie auf ihren Jugendbildern aussahen. Wenn ein anderer Mann sie jetzt erblickte, würde er eine hübsche und attraktive vierzigjährige Frau erkennen, obwohl sie schon siebenundvierzig ist. Er selbst findet ihr Lachen besonders schön und diese Besonderheit war der wichtigste Grund für ihn, dass er sie schon bei der zweiten Unterhaltung mochte. Bei der ersten Unterhaltung fand er sie ganz gewöhnlich. An diesem Tag hatte er sie neben der Kleidersammlungsbox der Johanniter gesehen. Sie wollte ihre alten Kleider hineinwerfen. Deshalb rief er ihr spontan zu: „Werfen Sie das nicht rein!"
Sie schaute erstaunt zu ihm auf und sagte: „Warum?"
„Wollen Sie mit diesen Kleidern anderen Menschen helfen?"
„Nein, ich will sie nur wegschmeißen."
„Dann bitte ich vielmals um Entschuldigung."

Und er ging weg. Von diesem Tag an sprach er weder mit ihr, noch schaute er sie an, aber er beobachtete sie manchmal von seinem Balkon aus, während sie allein oder mit ihrem Freund nach Hause ging. An einem Morgen sollte er, wegen eines Treffens am Bahnhof, früher aus dem Haus gehen. Plötzlich fing es heftig an zu regnen. Er wollte wie immer die Treppen hinaufgehen. Auf einmal hörte er eine weibliche Stimme:
„Kommen sie mit."
Er drehte seinen Kopf in ihre Richtung. Sie saß am Steuer. Er überquerte die Straße und ging zu ihr und wollte ihre Einladung mit Dank ablehnen. Sie befahl ihm aber so freundlich einzusteigen, als ob sie seine Gedanken lesen könnte.
„Komm mit."
Er ging zur anderen Autotür und öffnete sie. Der Vordersitz war ganz voll mit Sachen. Bevor er die Tür zum Rücksitz öffnen konnte, sagte sie ihm:
„Nur einen Augenblick bitte."
Rasch räumte sie den Sitz frei und legte alles nach hinten. Er öffnete wieder die Autotür und setzte sich neben sie.
„Guten Morgen."
Sie gab ihm die Hand und sagte: „Guten Morgen! … Sie arbeiten auch immer samstags?"
„Nein, heute ist eine Ausnahme."
Er wollte sich gleichzeitig anschnallen, zögerte aber plötzlich.
„Ich möchte nicht stören, an der ersten U-Bahn-Haltstelle steige ich aus."

„Kein Problem. Ich fahre nach Stadtmitte, Sie können aussteigen, wo Sie wollen" und fuhr los. Nachdem sie in eine große Straße abgebogen war, fragte sie: „Wieso haben sie mir vor einem Monat gesagt, ich solle meine Kleider nicht in die Kleidersammlungsbox einwerfen?"
„Viele Menschen werfen ihre wertvollen Kleider weg, weil sie denken, dass sie Menschen gegeben werden, die in Not sind, aber die Johanniter verkaufen diese Kleider und behalten das Geld für sich."
„Aber die Johanniter sind eine karitative Organisation, woher wissen Sie, dass sie diese Sachen verkaufen und dieses Geld nicht für wohltätige Zwecke ausgeben?"
„Ich weiß genau, dass sie mit diesen Geldern teure Autos und elegante Wohnungen für sich kaufen."
„Das weiß nur der Himmel."
Dieser Satz erinnerte Soraw an einen kurdischen Witz. Er fand, dieser Witz wäre eine perfekte Antwort auf die Zweifel dieser Frau, obwohl er für diese Situation vermutlich etwas unangebracht war.
„Darf ich Ihnen dazu einen Witz erzählen?"
„Ja gerne."
„Weil der Sohn im heiratsfähigen Alter war, schlug die Mutter ihrem Mann eine passende Jungfrau vor, die er heiraten könne. Ihr Mann war dagegen und sagte, die Mutter dieser Jungfrau sei eine Hure. Die Frau antwortete: Das weiß nur der Himmel. Da wurde der Mann wütend und erwiderte: Weiß es der Himmel besser als mein Penis?"
Sie kringelte sich vor Lachen. Soraw fand dieses La-

chen ganz eigenartig. Sie lachte laut und mit ihrem ganzen Gesicht. Gleichzeitig schlug sie mit ihrer rechten Hand auf das Steuer. Vor diesem Tag dachte er immer, dass die Deutschen, die mit hunderten von verschiedenen Automarken auf den Straßen fahren, praktisch nur zwei Arten von Lachen haben.
Das erste ist das unhöfliche Lachen. Es ist ein freies Lachen und gehört den Kindern und Pennern. Die zweite Art ist ein Lachen in der Höflichkeitsform. Dieses müssen alle anständigen Bürger Deutschlands lernen. Es dauert höchstens drei bis vier Sekunden. Auf den öffentlichen Plätzen darf es die Hörweite von drei Metern nicht überschreiten, aber in privaten Räumen darf es bis sieben Meter und in den leeren Bergen bis acht Meter hörbar sein. Dieses schwere und elegante Lachen bedarf aber auch einer richtigen Mimik. Man darf seinen Mund nicht unbegrenzt weit öffnen. Ein angesehener Mensch darf seinen Mund nur so weit öffnen, wie er es beim Zähneputzen tut.
Das Lachen dieser Frau gehört zum ersten Lachen, obwohl sie eine elegante Frau zu sein scheint. Nach einem langen, lauten und weiten Lachen sagt sie Soraw:
„Was hat der Penis mit den Johannitern zu tun?"
„Ich habe auch zwei Jahre lang bei den Johannitern Kleider sortiert."
Die Folge dieser gemeinsamen Fahrten über zwei Monate war, dass er sich Kirsten angeln konnte, dass er zum Raucher wurde und dass er zwei Mal bestraft wurde wegen Pinkelns in der Öffentlichkeit,

weil er jeden Morgen eine halbe Stunde überflüssige Zeit hatte und versuchte, diese unnötige Zeit mit Rauchen und Pinkeln im Freiland zu erfüllen.

Er sieht jetzt wieder dasselbe Lachen auf ihrem Gesicht, das im Licht des Scheinwerfers leuchtet. Diese ungewöhnliche Frau unterscheidet sich auch in anderen Punkten von anderen. Ihre großen Ohrringe zum Beispiel, die sie fast immer trägt, sind typisch für sie. Inzwischen ist für ihn ein großer, weißgoldener Ohrring nicht nur eine kleine Besonderheit, sondern eine Signalflagge. In den vergangenen elf Jahren trennten sie sich viele Male. Im Laufe der Jahre hatte es Soraw aber verstanden, diese weißgoldenen Ohrringe als Signal zu erkennen. Wenn sie diese trug, wusste er, dass sie ihn noch liebte. Wenn sie diese nicht trug, wusste er, es war für ihn besser, sich weiterhin von ihr fernzuhalten. Wenn sie aber ganz andere Ohrringe trug, konnte er sicher sein, dass sie einen anderen Mann mochte.
Mit Hilfe dieses Signals konnte er einigermaßen erraten, welches Gefühl sie gerade für ihn hatte. Jedoch gab es inzwischen ein wichtigeres Signal und das war ihr Bauch. Wenn sie einen anderen Ohrring trug, musste er nicht nur heimlich ihr Ohr, sondern auch ihren Bauch beobachten. Dieses feststehende Signal bedeutete für ihn, dass er noch zwei Monate im Fegefeuer der Ungewissheit bleiben musste, ob ihr Bauch wächst oder ob sie ihren verführerischen Ohrring wegschmeißen würde.
Nach elf Jahren Versteckspiel fühlt er sich zu müde für weitere Runden in Nähe und Distanz. Er denkt

wieder daran, wie sehr Kirsten recht hat und er von seiner blöden Vergangenheit befreit werden muss. Er blickt diese Frau, die gerade stumm und unbewegt ihre Stadt ansieht, genau in die Augen. Er weiß, dass sie seine Augen nicht sehen kann; darum nutzt er die einmalige Gelegenheit, ihre Augen eingehend zu studieren.

Er sagt sich, sie sieht wie eine vierzigjährige Frau aus, obwohl sie schon siebenundvierzig ist, und er sollte langsam diese Wahrheit anerkennen. Er nimmt die geöffnete Flasche und füllt beide Gläser. Kirsten starrt weiterhin auf die Stadt. Er legt seine Hände auf den Tisch und schlägt einen langsamen und leisen Takt. Sie bewegt ein bisschen ihren Kopf, aber bleibt noch schweigsam. Er hört mit dem Rhythmusschlagen auf und sagt:

„Kirsten, ich will dir heute Nacht alles erzählen."

„Was heißt – alles?"

„Alles bedeutet, was ich noch niemandem erzählt habe."

„Ich bin ganz Ohr."

„Ich weiß nicht, was du über mich denkst, nachdem du meine wirkliche Identität kennengelernt hast. Vielleicht verliere ich dich für immer. Vielleicht wäre es besser für mich, wenn ich dir einige Sachen nicht erzählte. Ich sage dir aber alles, weil ich mit meiner Kraft am Ende bin. Ich bin schon fünfzig Jahre alt. Ich denke immer bei mir, ich darf mich nicht endlos drehen. Ich kann nicht mehr vor meiner wirklichen Identität fliehen.

Ich war der größte Feind von Issa, obwohl er der beste meiner Freunde war. Niemand hat ihm so viel Schaden zugefügt wie ich, obwohl er mir in seinem ganzen Leben immer geholfen hatte.

Ich war der erste Mensch, der ihn zum Weinen brachte, als ich seinen Lieblingshahn heimlich vergiftet hatte, weil dieser Hahn meinen besiegt hatte. Von da an bis zu seinem Tod habe ich ihn immer verraten. An demselben Tag, von dem ich dir erzählen will, hatte er sich geopfert, um mein Leben zu retten. Trotzdem habe ich ihn noch nach seinem Tod verraten. Ich habe durch eine unverschämte Lüge den Stab überzeugt, dass seine Leiche nicht nach Kurdistan geschickt werden kann."

„Was für eine Lüge?"

„Ich habe ihnen erzählt, Issa hätte mir gesagt, seine Leiche solle im Schützengraben begraben werden."

„Warum wolltest du, dass seine Leiche nicht in seine Heimatstadt geschickt wird?"

„Ich weiß nicht genau, vielleicht hatte ich gedacht, es würde eine große und neue Blamage für mich werden. Wenn wir nicht Kurden wären, hätte alles ganz anders sein können. In anderen Städten des Iran würde seiner Leiche bestimmt ein begeisterter Empfang bereitet werden. Aber in Kurdistan wäre seine Leiche nur verflucht worden."

„Wieso?"

„Weil er an der Barrikade des Feindes gekämpft hatte."

„Und du hattest ihn in seinem Schützengraben begraben?"

„Ja."

„Aber du kannst es aus Freundschaft getan haben."
„Aber es war nur eine Rechtfertigung. Mein wahrer Beweggrund war ein anderer. Ich hatte Angst, dass meine Schandtaten bekannt werden. Ich hatte gedacht, dass alle meine Landsleute erkennen könnten, dass ich Issa betrogen hatte. Dass ich ihn auf diesen Irrweg gezogen hatte."
„Aber warum muss diese Sache überhaupt wichtig sein. Wenn ein Mensch gestorben ist, ist nicht so wichtig, wo er begraben wird."
„Ja, ich weiß, aber das Schicksal der Leiche ist immer ein Gleichnis des Lebens. Als Antigone versuchte, die Leiche ihres Bruders zu begraben, versuchte sie gleichzeitig, seinen tragischen Schluss zu tilgen. Die Anstrengungen von Hektors Vater waren auch so. Doch Issas Schicksal war noch tragischer, weil er vor seinem Tod wusste, dass man seine Leiche nicht in seine Heimat schicken durfte. Obwohl er es mir nie gesagt hatte, weiß ich, dass ihm diese Tatsache bewusst war. Er hatte gewusst, dass es für seine Leiche besser ist, wenn sie am Ort seines Todes begraben werden würde."
„Wenn es so ist, hättest du ihm einen Wunsch erfüllt."
„Nein, ich habe ihm sein Schicksal vorgeschrieben. Er hätte ein ganz anderes Schicksal haben können. Er hätte in Kurdistan auch wie ein Held begraben werden können."
„Aber er konnte an seinem Schicksal nichts ändern. Du bist auch ein Materialist. Nach dem Tod ist alles vorbei."

„Aber er lebte bis zu seinem Tod mit diesem tragischen Schicksal, obwohl er mir niemals Vorwürfe gemacht hatte."
„Das ist alles, was dich quält?"
„Nein, an diesem Tag geschah noch viel Seltsameres."

Soraw schweigt plötzlich und schaut nach oben. Er sieht ein Gespenst des Waldes, der am Tag grün und prächtig scheint. Er erinnert sich an Magi, die er einundzwanzig Jahre lang geliebt hatte. Er ging eines Tages in einen solchen Wald und wollte sie nie wieder sehen. Warum solle er nun auf einmal seine Geheimnisse teilen?
Sie kann meine Geschichte nicht verstehen. Es gibt große kulturelle Unterschiede zwischen Kurden und Deutschen. Sie lacht mich vielleicht aus. Soraw wollte mit dem Erzählen seiner eigenen Geschichte aufhören, aber Kirsten sagt:
„Soraw, wir sind schon elf Jahre befreundet. Zuerst hatte ich diese Beziehung nicht ernst genommen, aber ich muss dir gestehen, dass ich mich vor sieben Jahren in dich verliebt habe. Du bist jetzt der wichtigste Mensch in meinem Leben."
„Vielleicht wird schon morgen dein Gefühl völlig anders sein. Im Laufe der vergangenen elf Jahre hat sich dein Gefühl zu mir immer wieder verändert."
„Nein, Soraw, du kennst die Frauen nicht, ich hab dich in den vergangenen sieben Jahren immer geliebt. Manchmal denke ich sogar, dass ich dich auch schon vorher geliebt habe, konnte es mir aber nicht eingestehen. Ich liebe dich, Soraw, aber du musst mit

deiner traurigen Vergangenheit abschließen. Denke an die Zukunft, dann werde ich immer bei dir sein, auch wenn du in deiner Heimat leben möchtest."
Soraw senkt seinen Kopf ein wenig, starrt in ihre türkisfarbigen Augen und sagt: „In der ersten Verteidigungslinie war man dem Tod sehr nah und vor jedem Angriff rückte er noch näher. In dieser Situation lief die Zeit langsamer. Man empfand es als notwendig, mit anderen Menschen zu sprechen. Ich hatte damals gedacht, dass ich jede Wahrheit und viele Geheimnisse von meinen Kameraden wusste. An diesem Tag habe ich aber verstanden, dass sie niemals wirklich über den Tod nachgedacht hatten. Nachdem Issa gestorben war, verloren alle ihren Kampfgeist. Issa hatte mit seiner Truppe den wichtigsten Hügel des Gebietes erobert. Für den Stab war das ein großer Triumph, obwohl alle Soldaten seiner Truppe gestorben waren, außer einem schwerverletzten Mann, den Issa noch retten konnte. Dieser Sieg brachte nichts anderes ein als eine große Flagge, die danach auf diesem Hügel flatterte. Der Stab hatte mir sofort das Kommando übergeben, damit wir an demselben Abend den Hügel vollständig unter unsere Kontrolle bringen. Ich wusste, dass das wahrscheinlich keine Schwierigkeiten machte, weil Issa mir den Plan seines Angriffs erklärt hatte und ich wusste auch, dass die Iraker diesen Hügel nicht so schnell angreifen würden. Aber ich sprach mit niemandem darüber. Ich war nur mit der Aushebung von Issas Grab beschäftigt. Ich habe mir von niemandem helfen lassen und musste mich anstren-

gen und quälen. Inzwischen habe ich nicht mehr an diesen Hügel gedacht, sondern an den anderen, von dem aus ein Heckenschütze auf Issa geschossen hatte. Als ich in das leere Grab sah, in dem nach kurzer Zeit Issas Leiche liegen würde, wurde ich von starken Selbstmordgedanken heimgesucht. Ich bin zum Lastwagen gegangen, aber Issas Leiche war nicht dort.

Ich habe spontan die Autotür geöffnet und bin ins Führerhaus gestiegen, das jetzt nach Rosenwasser roch. Dieser Lastwagen gehörte einem gefallenen Kurden aus Kermanschah, der zur ersten Verteidigungslinie gekommen war, um seinen Sohn zu finden.

Mit einem Schraubenzieher öffnete ich die Verkleidung der Autotür und fand darin eine Flasche Rosinenschnaps. Ich habe sie in meiner Hosentasche versteckt und bin in den Befehlsstand gegangen. Drei Stunden lang habe ich dort getrunken und geweint. Als ich schließlich aufstand, war ich ganz betrunken. Ich habe nicht versucht, wie früher, als ich mit Issa heimlich getrunken hatte, den Geruch aus meinem Mund mit Minzplätzchen zu vertuschen. Ich bin stockbesoffen zu meinen Kameraden gegangen. Sie saßen wieder am selben Platz, wo sie in der vorherigen Nacht gesessen hatten. Issas Platz war jetzt sein Grab und darauf lag seine Waffe. Ich habe mich nur an dieses Bild erinnert.

Ich bin erst wieder zu mir gekommen, als einer meiner Kameraden mich gefragt hatte, ob er uns eine ungewöhnliche Geschichte von sich erzählen dürfe. Obwohl ich noch betrunken war, konnte ich

verstehen, dass er seine Frage wiederholt hatte. Es war vollkommen dunkel. Ein kleines Feuer brannte und alle Soldaten saßen drum herum. Ich setzte mich neben Issas Grab. Mir war schwindlig und ich hatte das Bedürfnis, mein Gesicht zu waschen. Mit Mühe bin ich aufgestanden und sagte gleichzeitig zu ihnen:
„Heute Nacht ist unsere letzte Nacht, deswegen dürfen wir alles erzählen, was wir wollen."
Ich wollte gehen, aber als ich den ersten Satz meines Kameraden gehört hatte, bin ich wie angewurzelt stehengeblieben.
„Ich hatte eine sehr schöne Tante. Sie lebte in einem kleinen Haus in der Nähe von unserer Wohnung fast allein, weil mein Onkel im Krieg war. Damals war ich sechzehn Jahre alt. Sie war fremd in unserer Stadt, deswegen sollte ich fast jede Nacht zu ihr gehen und bei ihr in dem kleinen Haus übernachten.
Ihr Haus hatte auch andere Zimmer, aber aus Mangel an Petroleum schliefen wir in einem kleinen Zimmer. Sie war nicht nur eine schöne, sondern auch eine sehr freundliche Frau. Sie hatte einen Säugling. Wenn sie ihm die Brust geben wollte, wandte sie mir immer den Rücken zu. Ich wünschte mir so sehr ihre Brüste, die unter ihren Kleidern durch ihre gewölbte Form und ihre spitzen Brustwarzen auffielen, nackt zu sehen. Ich bin drei Monate lang fast jede Nacht zu ihr gegangen. Sie war sehr nett zu mir, aber ich hab nur an ihren Busen gedacht.
Eines Tages trug sie eine sehr enge rote, hauchdünne Bluse. Nachdem ich sie heimlich lange angeschaut

hatte, musste ich sofort in die Toilette gehen und habe dort drei Mal hintereinander onaniert. Als ich wieder ins Zimmer kam, gab sie dem Säugling die Brust. Ich bin zum ersten Mal zu ihr gegangen, weil ich den Säugling sehen mochte, während er gestillt wurde. Ihre Brüste waren weiß und gewölbt und liebenswert. Von diesem Tag an erlaubte sie mir, ihre Brust oft anzuschauen. Dann hatte sich ein anderes Gefühl in mir entwickelt. Ich wollte ihren Busen fest mit meinen Händen drücken oder wie ihr Säugling an ihnen saugen. Aber sie war eine keusche Frau und sie war auch meine Tante. Eines Nachts konnte ich nicht schlafen. Ich hab mich zu ihr gerollt und hab meinen Kopf ganz nah neben ihren Kopf geschmiegt. Ich hab meine Lippen neben ihre roten gelegt. Plötzlich waren meine Hände, ungewollt, zu ihrem Busen gegangen. Eine ihrer Brüste war in meiner Hand. Ich hab sie langsam gedrückt. Sie schlief weiter.

Ich hab eine meiner Hände unter ihr Hemd getan. Mein Herz klopfte wie wild. Ich keuchte und zitterte am ganzen Leib. Aber sie schlief weiter. Ungeduldig hab ich die Knöpfe ihres Hemdes aufgemacht und zum ersten Mal ihre beiden Brüste gleichzeitig gesehen. Sie war in tiefem Schlaf, trotzdem hab ich mit großer Angst ihren Busen mit meiner Hand gedrückt und meine andere Hand in meinen Pyjama gesteckt und gleichzeitig onaniert. Als ich befriedigt war, sah ich plötzlich ein sehr schönes und gütiges Lachen auf ihren Lippen. Sie hat mir wegen dieser Sache keinen Vorwurf gemacht, aber sie hat

mir durch ihren eigenen und freundlichen Blick gesagt, dass ich das niemals wiederholen darf.
Nach einigen Monaten zog ich freiwillig in den Krieg, weil mein Onkel aus dem Krieg zurückgekommen war. In den beiden vergangenen Jahren habe ich immer an ihren schönen Körper und ihr wunderbares Lachen gedacht. Immer wenn mein Leben an der Front in großer Gefahr und ich furchtbar traurig war, konnten mich die Erinnerungen an diese Nacht trösten.
Wenn ich heute Abend nicht sterbe, gehe ich zu ihr. Mein größter Wunsch ist, sie in diesem Leben noch einmal zu sehen und ihr vielmals für ihr unvergleichliches Geschenk zu danken. Ich möchte ihr sagen: ‚Du hast mir alles gegeben, was für meine Hände, meine Augen und meine Seele notwendig war.' Ich möchte ihr direkt in die Augen sagen: ‚Ich erlaube mir nichts mehr und brauche auch nichts mehr von dir zu bekommen, weil du mir alles gegeben hast und zwar für immer, da bin ich ganz sicher.' Wenn ich heute Abend sterbe, werde ich im letzten Moment vor dem Tode an dasselbe freundliche Lachen denken. Kommandant, sind Sie sicher, dass wir alle heute Abend sterben werden?"
„Ja, wir werden alle sterben."
„Wenn es so ist, warum müssen wir dann überhaupt kämpfen?"
„Ich weiß nicht, warum ihr kämpfen müsst, aber ich kämpfe nur wegen der Flagge, die Issa gehisst hat."
„Aber es ist doch auch möglich, dass wir heute Abend keinen Feind treffen, und wenn es so wäre,

könnten wir ohne Kampf den Hügel besetzen. Vielleicht wollen sie uns heute Abend gar nicht angreifen. Unsere Flagge ist dort gehisst. Sie können nicht wissen, dass niemand da ist."
„Sie wissen es genau. Derselbe Schütze, der direkt Issas Stirn anvisiert hatte, und auch andere Iraker, die auf demselben Hügel waren, haben alles gesehen."
Nach dieser Rede wollte ich gehen, aber einer meiner Kameraden hat nun gesagt, er wolle auch seine letzte Geschichte erzählen und er würde sich freuen, wenn ich sie gehört hätte.

Er war ein ganz ungewöhnlicher Soldat: Nicht nur betete er nicht, er hatte auch in aller Öffentlichkeit den Krieg ausgelacht. Er war vor vier Jahren zum Militärdienst gezwungen worden. Er hatte aber seinen Wehrdienst noch nicht beendet, weil er immer mit seinen Kameraden gestritten hatte und auch mehrmals vom Militärdienst geflohen war. Er war ein wirklicher Krieger, weshalb er, als er in seiner Stadt verhaftet worden war, sofort wieder zur ersten Verteidigungslinie geschickt wurde. Als ich ihn zum ersten Mal gesehen hatte, war er splitterfasernackt und hatte sich in einem Zuber gebadet. Auf seinem Rücken und seinen Armen waren viele Bilder von Frauen tätowiert. Da ich niemals an der Front einen solch seltsamen Kerl gesehen hatte, interessierte er mich. Ich und auch Issa kamen sehr schnell mit ihm in Kontakt, aber wir erlaubten uns nicht, mit ihm zusammen den Krieg auszulachen, obwohl wir häufig heimlich mit ihm getrunken hatten. Er hatte immer auf die ganze Welt wegen seiner schlechten Lebensbedingungen geschimpft, aber nie ein Geheimnis mit uns geteilt. Deswegen bin ich wieder zurückgegangen und habe mich neben Issas Grab gesetzt. Er hatte mich so direkt angeguckt, als wollte er sagen, dass er es nur mir sagen wolle und er die anderen ignorieren würde. Mit einem kräftigen und ernsthaften Ton sagte er dann:

„Soraw, du weißt gut, dass Issa unser gemeinsamer Freund war. Er war ein echter Mann. Bevor ich euch kennengelernt hab, hatte ich immer versucht vor diesem verdammten Krieg zu fliehen. Ich bin nur euch zuliebe dageblieben. Die heilige Verteidigung und die Werte der Islamischen Revolution sind mir scheißegal. Der Führer und das Kriegsziel jucken mich nicht. Als ich euch kennengelernt hab, mochte ich nicht wieder nach Hause zurückgehen, weil es mir mit euch Spaß gemacht hat. Jetzt ist Issa, unser Freund, tot. Ich kämpfe heute Nacht entschlossener als je zuvor, weil ich den Hurensohn, der von Weitem auf Issas Stirn geschossen hat, in die Hölle schicken will.

Im Lauf meines Lebens hab ich viele Menschen geschlagen, viele Männer mit dem Messer, frontal oder rücklings, angegriffen. Sie machen mir keine Sorgen. Sollte ich einen von ihnen je wiedersehen, würde ich heute noch härter zuschlagen, weil es alles Arschlöcher und Schurken waren. Aber eine Frau hab ich vollkommen gemein geschlagen und hab sie für immer unglücklich gemacht. Sie war eine Witwe. Ihr Mann war zwei Jahre zuvor bei einem Verkehrsunfall ums Leben gekommen. Da sie eine sehr schöne und attraktive Frau und ihr Vater ein sehr reicher und renommierter Händler war, hatten viele Männer einen Narren an ihr gefressen und wollten sie heiraten. Aber sie wollte wegen ihrer kleinen Schwester nicht heiraten, weil einige Monate nach dem Tod ihres Mannes auch ihre Mutter gestorben war.

Damals war ich noch ein Kind, ich erinnere mich aber noch gut, dass alle späten Mädchen und alte Schachteln, auch meine kugelrunde Schwester, sie um ihre besondere Stellung beneideten. Ich hatte sie Tante genannt, denn sie war sehr freundlich zu mir. Ihre Schwester war meine Gespielin, wir können sagen, meine Sexgespielin. Ich hab immer mit meinem Lesezeichen ihr fleischiges Buch durchgelesen. Ihre Schwester erwischte uns bei der Fickerei. Zuerst hatten wir Angst, dass sie es unseren Eltern sagen würde, aber sie hatte mit niemandem darüber gesprochen. Eines Tages bin ich in ihre Wohnung gegangen, um ihrer Schwester mein neues Küken zu zeigen und natürlich meine Brezel in ihre Butter zu schmieren. Sie war nicht zu Hause. Ich hab nach ihr gefragt. Die Tante sagte, sie sei im Haus ihres Großvaters und komme nicht vor dem nächsten Tag zurück. Ich fragte nach ihrem Küken. Die Tante antwortete, dass sie keine Ahnung hab, vielleicht sei es im Garten. Und sie ging wieder ins Haus.

Ich hab den Garten und viele Gassen nach dem Küken abgesucht, konnte es aber nicht finden. Am Ende bin ich wieder zu ihr gegangen. Sie saß in der

Küche auf einem Stuhl am Tisch und verlas die Hülsenfrüchte, die auf einem großen Tablett lagen. Sie hat ein dünnes blaues Kleid getragen, durch das ich ihre Brüste und auch ihre weißen Schenkel sehen konnte. Obwohl ich ein Dreikäsehoch war, hatte ich einen guten Kompass, dessen Kompassnadel die Nord- und Südpole der Frauen zeigen konnte. Von meinem Vater und unseren Gästen hörte ich viel, als sie lang und breit über ihren erotischen Körper geredet hatten. Deswegen hab ich mich nicht wie immer auf den Kinderstuhl, sondern auf den Boden gesetzt, um unter ihren Rock zu sehen. Sie fragte mich: „Hast du ihr Küken gefunden?"
„Nein."
„Vielleicht hatte sie es heimlich in die Wohnung unseres Großvaters mitgenommen. Ihr seid beide freche Kinder ... wo ist dein Küken?"
„Ich weiß nicht, vielleicht ist es im Hof."
„Im Hof? Du musst aufpassen, der Kater kann es fressen."
„Nein, der Kater kann es nicht fressen, es ist sehr schnell und klug."
„Aber es ist nicht schneller als der Kater dieses Viertels."
Obwohl ich wusste, dass sie recht hatte, mochte ich nicht aufstehen, bevor ich ihre Scheide gesehen hatte. Ich versuchte, zwischen ihre Beine zu sehen, konnte es aber wegen ihres Rocks nicht schaffen. Ich kroch unter den Tisch, konnte aber nur ihre weißen glatten Schenkel sehen. Ich bin zu ihrem Rock gerutscht. Ich wollte mit meiner Hand die Verschleie-

rung lösen und ihren Südpol entdecken. Ich war so angestrengt mit der Entdeckung beschäftigt, dass ich nicht bemerkt hatte, dass sie mich inzwischen beobachtete. Sie fragte erstaunt:
„Was machst du da?"
Ich konnte ihr nicht antworten. Sie hat ihren Stuhl nach hinten geschoben und ihre Frage, aber diesmal mit einer freundlicheren Stimme wiederholt:
„Suchst du etwa dahinter dein Küken?"
Da ich schwieg, berührte sie meinen Kopf und sagte:
„Magst du auch mit mir spielen, wie mit meiner Schwester?"
„Ja."
„Aber ich bin groß und du bist klein. Warum willst du mit mir spielen?"
„Weil du sehr schön bist."
„Danke, mein Schatz. Hast du mit jemandem über euer Spiel gesprochen?"
„Nein."
Ich bin unter dem Tisch hervorgekrochen. Sie hat mich auf ihren Schoß gelegt. Da ich nur eine dünne Unterhose getragen hatte, konnte sie meinen Dattelkern sehen. Sie hat ihn berührt, dann hat sie mich in ihr Zimmer mitgenommen. Sie legte sich auf den Teppich.
„Spiel mit mir wie mit deiner kleinen Freundin."
Ich hab sofort meine Unterhose ausgezogen. Sie hat freundlich meine Zigarettenspitze angeschaut. Ich hab mich sofort auf sie gesetzt, um ihren Schatz zu entdecken, da ich aber vorher die Scheide keiner großen Frau gesehen hatte, fürchtete ich mich

schrecklich. Ihre Scheide war sehr groß und behaart. Sie ist mir wie das Maul eines Tieres erschienen. Sie hat wieder gesagt:
„Spiel weiter!"
„Nein, ich mag nicht."
„Aber warum, du kannst auch mit mir spielen wie mit meiner Schwester."
Sie wollte meine Hand zu sich ziehen, aber ich bin in Tränen ausgebrochen und bin aus dem Haus geflohen. In der Gasse hab ich meine Mutter gesehen. Sie war mit vielen unserer Nachbarinnen zusammen und hat mit ihnen das Gemüse geputzt. Sie hat gefragt:
„Warum weinst du?"
„Tante will mit ihrer Fotze meinen Penis fressen."

Dieser Satz brachte alle zu einem unglaublichen Lachen. Von diesem Tag an haben alle unserer Nachbarinnen und auch alle Bewohner unserer kleinen Stadt sie Tante Penisfresser genannt und als Hure angesehen. Nach einigen Monaten hat ihr Vater wieder geheiratet. Ihre Schwiegermutter-Hure war sehr grausam zu ihr. Jeden Tag hatte sie mit ihr gestritten und so laut wie ihr beschissener Kehlkopf nur konnte, sie Penisfresser gerufen. Ich konnte nie wieder mit ihr reden, aber ich hab sie immer nur Tante genannt.

Nach einigen Jahren floh sie aus dem Haus. Ich hab sie noch einige Male gesehen, aber ich wagte niemals mehr, mit ihr zu sprechen, weil ich gewusst hab, dass sie jenen Tag noch nicht vergessen hatte.

Vor zwei Monaten begegnete sie mir überraschend wieder. Ich war unterwegs zu dieser verdammten Front. Sie stand an der Grenzstation zwischen einigen Gepäckträgern und hatte eine sehr riesige Last auf ihren Schultern. Sie sah alt aus, obwohl sie nur vierzig Jahre alt sein konnte.
Wenn ich heute Abend nicht sterbe, gehe ich sofort zu ihr und bitte sie Millionen Mal um Entschuldigung. Ich werde ihr den Schaden ein bisschen ersetzen. Ich werde Millionen Mal ihre Füße küssen. Ich schenk ihr mein wertvolles Grundstück, das ich von meinem schelmischen Vater geerbt hab und reiße mit dem Dolch alle auf, vom Arsch bis zum gefickten Mund, die noch einmal schlecht von ihr reden.
Soraw, wenn ich heute Abend den Hurensohn in die Hölle schicke, gehe ich morgen sofort zu ihr. Es geht mir am Arsch vorbei. Ich brauch keinen Urlaub von dem beschissenen Stab."

Erst in diesem Moment habe ich verstanden, dass er auch besoffen war. Ich habe ihn gebeten, mit mir in den Befehlsstand zu kommen. Ich wollte mit ihm über meinen persönlichen Plan reden und meinen übrigen Schnaps teilen. Ich hatte den Rosinenschnaps schon immer als etwas ganz Besonderes empfunden und doch jetzt sehne ich mich auch danach. Schenk mir nach."
„Hier ist kein Bier mehr, ich muss es aus dem Auto holen."
Kirsten steht auf und geht zu ihrem Auto, das weit von ihnen auf der Straße geparkt ist. Soraw schaut

ihr nach. Sie trägt einen grauen und engen Minirock. Ihre weichen wohlgeformten Hüften bewegen sich im Licht der Scheinwerfer in wiegenden Schritten. Sie sieht groß und attraktiv aus. Von hinten betrachtet, könnte man sie als eine Frau unter dreißig schätzen, die ein bisschen betrunken ist. Ihre Haut ist weiß glänzend, ohne jedes Anzeichen des Älterwerdens. Er findet ihre Haut vollkommen, weil diese das einzige Detail ihrer Schönheit ist, das noch natürlich ist und sich im Lauf der vergangenen Jahre nicht verändert hat. Am Anfang ihrer Bekanntschaft versuchte sie immer ihre Haut zu bräunen. Er erinnert sich an einen Tag, an dem ihn ihre von der Sonne gebräunte Haut erstaunt hatte.

Das war nach einer langen Trennung. Damals war es für sie wie ein großes Ziel oder vielleicht ein Wettkampf, sich so schnell wie möglich zu bräunen. Sie hatte sich lange dauernd in die Sonne gelegt und ist im Urlaub immer nach Portugal geflogen. Plötzlich hörte sie damit auf. Warum? Soraw kann sich keine endgültige Antwort geben, aber diese Sache könnte mit ihm zu tun haben. Obwohl er ihr niemals wegen ihres angestrengten Bemühens Vorwürfe gemacht hatte, konnte sie wohl erraten, dass er ihre weiß strahlende natürliche Haut liebt. Und wann hatte Kirsten aufgehört, mit dem Strom der Sonnegebräunten zu schwimmen? Vielleicht in den sieben Jahren, in denen sie ihn geliebt hatte.

Wenn es so ist, tat sie es mir zuliebe. Dann kann ich sagen, meine Haut ist weiß strahlend, weil ich jetzt der einzige Mann bin, der alle Punkte ihrer zarten

und weiß glänzenden Haut genießen darf. Den Satz: Meine Haut ist weiß, findet Soraw fremd und komisch. Man nennt den anderen Menschen: „Mein Freund, meine Freundin, meine Frau oder auch mein Sklave", aber niemand nennt die Haut seiner Geliebten „meine Haut", obwohl er der einzige ist, der alle Punkte dieser Haut genießt.
Die Kurden nennen ihre Geliebten „meine Augen, meine Seele, mein Leben". Das ist aber unwirklich. Man kann nicht die Seele oder Augen seines Geliebten haben. Aber man kann etwas vom anderen Menschen für sich haben. Wenn ein Mann sagt, meine Haut ist weiß, meint er dieselbe Haut, die über seinen Körper gezogen ist.
Die Kurden nennen ihre Geliebten nicht „meine Brüste, meine Hüfte oder meine Haut", weil sie nicht realistisch genug sind. Die Deutschen denken umgekehrt, statt der Metaphern benutzen sie realistische Worte: „mein Schatz", weil sie sehr pragmatisch sind.
Eine Deutsche darf nur eine Fantasie haben, wenn sie sie zur Wirklichkeitsform bringen kann. Sie kann jeden Tag über eine lange Dauer in einer sonnenglühenden Region am Strand liegen, um ihre Hautfarbe zu verändern und erotischer zu werden oder jeden Tag voller Anstrengung Fahrrad fahren, um eine andere Figur zu bekommen. Aber warum hatte Kirsten vor einigen Jahren plötzlich mit ihrem Bestreben aufgehört? Was war vor sieben Jahre passiert, dass sie anfing, mich zu lieben?
So sehr Soraw auch nachdenkt, kann er sich an kein

wichtiges Ereignis oder einen Wendepunkt erinnern, der Kirstens Gefühl für ihn hätte verändern können. Er findet über alle elf Jahre hinweg ihr Verhältnis fast gleich bleibend. Die Monate und Jahre wechselten sich immer mit schönen und schlechten Phasen der Beziehung ab. Manchmal war sie unerwartet verschwunden und kam wieder, unübersehbar mit einem Getränk und einem fröhlichen Gesicht zurück, wie jetzt.

Sie stellt die Flaschen auf den Tisch und setzt sich ihm gegenüber. Soraw testet eine Flasche, sie ist eiskalt. Er füllt Kirstens Glas. Das Bier schäumt ein wenig.

„Oh, der Kühlschrank deines neuen Autos ist großartig."

„Dieses Bier ist für so spät in der Nacht zu kalt, meinst du nicht auch?"

„Ich habe kein Problem mit kaltem Bier, aber dieses schäumt nicht. Ich warte noch, bis es wärmer wird."

„Ok, dann kannst du deine Geschichte weiter erzählen, bis ich mein Bier leer getrunken habe."

„Ich habe genug von mir erzählt, jetzt will ich was von dir hören."

„Worüber?"

„Was vor sieben Jahren passierte, als du unsere Beziehung ernst genommen hast?"

Diese Frage überrascht Kirsten. Sie hat erwartet, von den Rätseln aus Soraws ferner Vergangenheit zu hören, die sie im Lauf der elf Jahre nicht hatte lösen können. Sie hebt ihr Glas und trinkt einen Schluck.

Ohne dass sie es wieder auf den Tisch stellt, fängt sie an zu sprechen:
„Es war mitten in der Nacht, aber ich hab noch nicht geschlafen, weil ich am nächsten Nachmittag mit meinem neuen Freund nach Sizilien fliegen wollte. Ich war mit dem Aufräumen beschäftigt und hab nur an all die Sachen gedacht, die ich nicht vergessen sollte. Plötzlich klingelte mein Telefon. Ich glaube, dass mein Freund mich an etwas erinnern wollte, was noch zu tun war. Ich bin schnell zum Telefon gegangen. Ich habe aber deine Nummer auf dem Telefon gesehen. Wir hatten vier Monate lang nicht miteinander gesprochen. Zuerst wollte ich den Hörer nicht abnehmen, aber dann fand ich es ganz seltsam, dass du mich nach unserer Trennung und dazu spät in der Nacht anrufst. Ich hab den Hörer abgenommen, aber statt deiner Begrüßung hörte ich eine provokante Sex-Stimme. Eine frauliche und geile Stimme hatte deine übertönt. Ich konnte eure Worte nicht verstehen. Weil ihr anders als Deutsch gesprochen hattet, kurdisch oder persisch, weiß ich nicht. Dies hat mehr als eine halbe Stunde gedauert. Dann hattet ihr auf einmal geschwiegen. Es war damals ein total fremdes Gefühl in mir, das hatte mit Eifersucht nichts zu tun. Natürlich, ich erlaubte mir nicht, dir Vorwürfe zu machen, weil ich immer, auch als wir zusammen waren, noch andere Männer hatte und du hattest nie etwas dagegen und ich war ja auch diejenige, die Schluss gemacht hat. Es war deshalb kein Anlass für Vorwürfe, Wut oder Neid. Das war ein besonderes Gefühl, wie die Un-

sicherheit vor einer komplizierten und unbekannten Sache. Ich hab den Ton meines Telefons lauter gemacht. Ich konnte kaum das Geräusch der Dusche hören. Inzwischen ist es mir so vorgekommen, als ob ihr auch manchmal Deutsch gesprochen hättet. Nach etwa einer Stunde habe ich wieder dieselbe geile Sexstimme gehört. Die Frau stöhnte, so laut, dass ich den Ton des Telefons, wegen meiner Nachbarn, leiser als normal stellen musste. Da es Mittwoch war, habe ich gedacht, ihr wärt außerhalb der Stadt, aber als ihr fertig wart, habe ich das Klappern des Dattelkernvorhangs vor deinem Schlafzimmerfenster gehört.

Danach kam wieder das Schweigen und nach einigen Minuten hab ich begriffen, dass die Verbindung unterbrochen war. Ich habe dich sofort angerufen, ich wollte dich fragen, warum du mich mitten in der Nacht angerufen hast, obwohl ich ganz sicher war, dass dies nur ein Versehen war und du mit dieser Sache nichts zu tun hattest. Dein Handy war aus. Für mich war völlig klar, dass die Batterie deines Handys leer war.

In dieser Nacht hab ich dich zum ersten Mal einzigartig gefunden. Wenn dieser unerwartete Anruf nicht von dir gewesen wäre, hätte ich ihn ganz anders deuten können. So aber konnte ich glauben, du hättest das, gerade vor meinem Urlaub, absichtlich getan, damit ich eifersüchtig werden sollte. Aber ich war absolut sicher, dass das nur ein zufälliger Anruf war. Ich konnte bis zum Morgen nicht schlafen und dachte immer über dein seltsames Tun nach.

Im Lauf der vier Jahre hatte ich begriffen, dass du niemals an die Zukunft denkst und du alles in der Gegenwart tust. Ich hatte damals diese Art an dir gehasst, weil ich gedacht hatte, dass dies von der komischen Vergangenheit in der Dritten Welt stammt. Vor diesem Tag brauchte ich dich wegen deines ausdauernden und provokanten Sexes. Du konntest gut meine masochistische Seite erregen. Bis zu diesem Tag hatte ich immer gedacht, du bist ein sadistischer Mann, der durch seine Stärke den Frauen Genuss verschaffen kann. Ich konnte nicht die Quelle deiner Persönlichkeit finden. Wenn du einige Momente vor deinem Orgasmus wegen einer Kleinigkeit meines Tuns oder meines Wortes sofort aufhören konntest, hatte ich mir nur gesagt, du wärest ein Sadist.

In dieser Nacht und auch im Urlaub, als ich mich, lieber allein, am sizilianischen Strand in den Schatten gelegt hatte, fand ich dich auf einmal interessant. Du hast mich überzeugt, dass du kein Sadist, sondern ein Masochist bist. Du willst niemandem etwas zuleide tun, weil deine Persönlichkeit mit der Zukunft nichts zu tun hat. Du lebst immer in deiner Vergangenheit und wirst von dieser Vergangenheit ewig gefoltert. Vorher hatte ich diesen Wesenszug an dir absolut bedeutungslos und unsinnig gefunden. Danach hatte ich aber verstanden, dass nur die Egoisten ein großes Interesse an der Zukunft haben. Du lebst immer in deiner Vergangenheit. Natürlich ist das schrecklich, aber du bist wegen dieser Lebensform vertrauenswürdiger als alle Menschen, die ich kenne. Du machst keine Pläne für deine Zukunft,

deswegen kann man bei dir zur Ruhe kommen. Von diesem Tag an hab ich mich in dich verliebt.
Ich will gestehen, dass meine Liebe zu dir sich auch auf meine Vergangenheit bezieht. Ich bin das einzige Kind meiner Eltern. Vielleicht schien diese Lebensform in Deutschland normal, aber sie war nicht zufriedenstellend für eine vierzigjährige Frau, die unverheiratet war, deren Vater gestorben und deren Mutter geisteskrank war. Du warst äußerlich total anders als ich. Du hattest deine eigene Familie und auch viele Verwandte, und du stammst aus einer Kultur, in der Familie und Verwandte eine große Rolle spielen. Als ich im Urlaub war, hatte ich ständig an einen Satz gedacht, den du immer zu mir gesagt hattest: Du bist eine untypische Deutsche. Wenn du bei mir am sizilianischen Strand gewesen wärst, hätte ich dir gesagt, dass auch du ein Mensch mit verlorener Kultur bist. Wir haben beide unsere Vergangenheit verloren. Ich denke in die Zukunft, weil meine Vergangenheit vorbei ist, aber du steckst in einer Vergangenheit, die sich immer wieder neu in deine Seele bohrt.
Soraw, wir können zusammen eine glückliche Zukunft haben. Ich kann dir meine Liebe geben und du kannst mir die Hoffnung und Beruhigung geben, auch wenn du mich nicht liebst. Soraw? Soraw, bist du eingeschlafen?"
„Nein, Kirsten, ich habe dich gehört. Ich will dir sagen, dass du für mich wichtig bist."
„Aber du liebst mich noch nicht."
„Ich habe bisher die Bedeutung dieses Wortes in der

deutschen Sprache nicht vollkommen verstanden. Du bist aber mein Anhaltspunkt."

„Du verstehst ein klares Wort wie Liebe nicht, aber ich muss deinen mechanischen Fachausdruck verstehen. Es erinnert an einen Hebel, an ein Brecheisen." Kirsten trinkt einen großen Schluck aus der Bierflasche.

„Ich möchte mittrinken", sagt Soraw.

Kirsten stellt ihre Flasche auf den Tisch und nimmt sein Feuerzeug vom Tisch, öffnet seine Flasche und gießt ihm so heftig ein, dass sich der Schaum über den Tisch ergießt. Soraw holt ein Taschentuch aus seiner Hosentasche, wischt das Bier vom Tisch und seinem Glas ab und sagt:

„Wenn du möchtest, erzähle ich dir weiter."

„Mach, was du willst."

„Ja, oder nein?"

„Ja, gerne."

„Bis wohin habe ich dir erzählt?"

„Du wolltest deinen Plan einem deiner Kameraden sagen. Was für einen Plan?"

„Es war der vorhergehende Angriffsplan Issas. In der Nähe unseres Schützengrabens gab es zwei Hügel. Einer fern, auf der linken Seite von uns und der andere war in der Nähe auf der rechten Seite. Obwohl Issa gewusst hatte, dass wir zuerst den rechten Hügel angreifen sollten, musste er wegen der dummen Strategie des Stabs den linken Hügel zuerst angreifen, der in der Schussweite des rechten Hügels war. Die Dummköpfe des Stabs hatten mir befohlen, dass ich wieder denselben Hügel angrei-

fen sollte. Als ich im Befehlsstand mit meinem Kameraden getrunken hatte, erläuterte ich ihm meinen eigenen Plan und der hatte ihm gefallen. Als wir mit dem Getränk fertig waren, gingen wir zu unseren Kameraden. Wir wollten die Meinung unserer Mitkämpfer über unseren Plan hören. Sie saßen noch um das Feuer herum. Ein hübscher Soldat erzählte gerade seine Geschichte. Er war ein unglaublich netter Mensch, aber auch ein sehr fanatischer Schiit. Er hatte sich in Imam Saman verliebt und wollte durch sein Märtyrertum zu ihm fliegen.
„Wer ist Imam Saman?"
„Er ist ein sagenhafter Mann, ein unwirklicher Retter wie Jesus."
„Aber Jesus ist kein Märchen. Prophet oder ein normaler Mensch ist für mich egal, aber er war eine wirkliche Person."
„Nein, Kirsten, Jesus ist auch eine sagenhafte Figur, ein märchenhafter Mann aus der Thora, den die Missionare etwa zwei Jahrhunderte nach seinem imaginären Geburtstag erschaffen und an seiner Stelle ein Buch geschrieben hatten."
„Welchen Nachweis hast du, Soraw, für deine Behauptung?"
„Und welches Beweismittel hast du, um zu beweisen, dass Jesus ein wirklicher Mann in der Geschichte war?"
„Ich? … Keine Ahnung…, ich bin aber auch ein Atheist, egal, erzähl weiter."
„Vor dieser Nacht hatte er immer über seinen Wunsch, zu Imam Saman zu fliegen, gesprochen.

Aber in dieser Nacht erzählte er auch von den Erinnerungen aus seinem Leben. Deswegen waren alle unsere Kameraden, die im Schützengraben um das Feuer saßen, völlig still und wir konnten ihn, trotz unserer Trunkenheit, hören, als wir aus der Kabine herauskamen. Lautlos sind wir zu ihnen gegangen. Er hat über einen Derwisch geredet. Einen Derwisch, der jahrelang neben dem Grab seines verstorbenen Sohnes lebte.

Mich hat diese Geschichte fasziniert, deshalb habe ich ihn gebeten, sie zu wiederholen. Er antwortete mir: „Zu Befehl" und begann, von Anfang an zu erzählen:

„In der Nähe unserer Wohnung gab es einen großen Friedhof. Einmal war ich mit meinen Freunden dorthin gegangen. Damals war ich neun Jahre alt. Wir haben einen sehr seltsamen Mann gesehen. Er war so alt wie mein Vater, hatte aber einen sehr langen und dichten Zopf. Er briet auf dem Feuer für jeden von uns einen Maiskolben und war sehr freundlich. Als ich nach Hause kam, habe ich meinem Vater von ihm erzählt. Er sagte mir, der Derwisch sei ein guter Mensch und wäre ein Mathematiklehrer, aber seitdem sein einziger Sohn ermordet worden wäre, lebte er nur noch am Grab seines Sohnes. Er hatte neben den Gräbern seines Sohns und seiner Frau eine Bude gebaut und lebte dort, bis ich fünfzehn Jahre alt wurde. Ich bin immer zu ihm gegangen, wenn ich ein Mathe-Problem in der Schule hatte. Er fastete fast immer und betete sehr viel neben dem Grab seines Sohns, auf einem breiten und schwarzen

Stein, auch im Winter. Aber als ich ihn zum letzten Mal sah, war er vollkommen anders. Er hielt eine Flasche Weinbrand in seinen Händen und weinte mit einer völlig anderen Stimme, als ich sie kannte, am Grab seines Sohnes. Ich habe ihn nach dem Grund seiner Trauer gefragt. Er antwortete, er müsse am nächsten Morgen von dort weggehen, weil die Stadtverwaltung seine Bude abreißen wollte. Er bat mich, mit ihm zu trinken.

Aber ich hatte meiner Mutter versprochen, nie Alkohol anzurühren, denn mein Vater war fast jede Nacht betrunken gewesen. Doch diesmal konnte ich nicht bei meinem Wort bleiben.

Der Derwisch hielt mir die Flasche hin. Er sagte mir, wenn ich eine Gänsehaut bekommen würde, könne er mir eine plombierte Flasche geben. Ich habe aus seiner Flasche mitgetrunken. Das war mein erstes und letztes Mal, dass ich betrunken war. Als ich betrunken war, hat er angefangen, von seinem Leben zu reden.

Er hätte sich vor dreißig Jahren in eine Frau verliebt. Die Frau hätte auch ihn geliebt. Er wollte sie heiraten, aber ihr Vater wäre dagegen gewesen, weil er seinen Neffen mit ihr verheiraten wollte. Deswegen hätten sie mitten in der Nacht zusammen fliehen müssen. Er arbeitete danach in Teheran bei einer großen Firma. Nach ihrer Flucht versuchten sie beide ständig, ihre Familie zu überzeugen, dass sie ihnen ihre Entschuldigung abnehmen und ihre Eheschließung segnen.

Nach einem Jahr brachte die Frau seinen einzigen Sohn zur Welt. Nach der Geburt des Sohnes hätte ihr Vater ihr eine Botschaft geschickt und geschrieben, er hätte ihnen beiden verziehen und sie sollten in ihre Stadt zurückkommen. Seine Frau ließ ihn nicht mitkommen und ging ohne ihr Neugeborenes zu ihrer Familie.

Aber einer ihrer Brüder erstach sie. Ihr Mann erhielt sofort Nachricht davon und kaufte eine Pistole. Er wäre in seine Stadt gefahren, um ihren Bruder umzubringen. Aber er wurde vorher von der Polizei verhaftet. Es hieß, er wäre zum Haus ihrer Familie gegangen und hätte alle Fensterscheiben mit Steinen eingeschlagen und eine volle Stunde auf sie geschimpft, aber niemand wagte oder wollte mit ihm sprechen. Nach einigen Jahren hätte er ihnen verziehen, weil er nicht mochte, dass sein Waisenkind von der Liebe der Familie seiner verstorbenen Mutter ausgeschlossen würde.

Er wäre für seinen Sohn gleichzeitig Vater, Mutter, Lehrer und auch der beste Freund gewesen. Sie hätten zusammen Laute gespielt und gesungen und Sport getrieben. Sein Sohn wäre mit achtzehn Jahren ein würdiger Mann gewesen und viele Frauen wollten ihn für sich haben, besonders die Frauen von der Familie seiner Mutter.

Eine von ihnen, die sich sehr in seinen Sohn verliebt hatte, war verheiratet. Der Derwisch hat mir gesagt: „Als mein Sohn mir von dieser Frau erzählte, hab ich geraten, dass er mit solchen Frauen aufhören solle, besonders, weil der Vater dieser Frau derselbe Mann war, der vor zwanzig Jahren meine Frau heiraten wollte. Ich habe damals gedacht, ich

hätte meinem Sohn eine vernünftige Empfehlung gegeben. Das war vor zehn Jahren. Nach etwa neun Monaten habe ich aber verstanden, dass ich meinem Sohn ein tödliches Rezept gegeben hatte.
Nachdem mein Sohn unerwartet mit dieser Frau Schluss gemacht hatte, war sie depressiv geworden. Ihr Mann brachte sie immer wieder zu verschiedenen Psychiatern. Einer von ihnen konnte schließlich den Grund ihrer Depression finden. Er hatte dem Ehemann gesagt, dass er für viele Jahre die Stadt verlassen müsste. Er solle sich nach Teheran versetzen lassen. Aber die Frau hätte vor der Reise zu ihrem Mann gesagt, wenn du willst, dass ich ihn für immer vergesse, musst du ihn umbringen.
Erst, als diese Frau mit Schluchzen vor dem Gericht absichtlich gegen sich und ihren Mann den Mord gestanden hatte, hatte ich verstanden, dass ich selbst der Mörder meines Sohnes war.
Seitdem hab ich hier mit meinem Sohn gelebt, aber ich muss ihn morgen für immer verlassen. Morgen wird diese Hütte, die ich vor zehn Jahren für mich und meinen Sohn gebaut habe, abgerissen."
Der Derwisch war bei diesem Satz in Tränen ausgebrochen. Er konnte nicht weiter reden. Er hatte lange geschluchzt. Ich tröstete ihn:
„Derwisch, ich hoffe, dass Imam Saman dir Engelsgeduld gibt."
Er hat seine Hand auf meinen Kopf gelegt und einige Minuten mit geschlossenen Augen meine Haare berührt. Dann sprach er weiter: „Ich werde dich von Morgen an nicht wie vorher sehen können."

„Ich komme auch wie immer zu dir."
„Nein, von morgen an ist unsere Hütte vernichtet. Ich habe meinen dreißigjährigen Kampf verloren. Ich muss diese Stadt verlassen."
Er nahm die Flasche und trank den Weinbrand zu Ende. Dann sagte er zu mir: „Komm mit in die Bude. Ich möchte dir einige Fotos zeigen."
Die waren von seinem Sohn, der wie ich blonde Haare hatte. Als ich wieder zu mir kam, war ich noch immer besoffen und er war mit meiner Vergewaltigung beschäftigt.
Nach drei Tagen hab ich ihn auf dem Weg zur Schule gesehen. Er hatte auf mich gewartet. Er hat mich mit einer zitternden und beschämten Stimme mehrmals gegrüßt, aber ich habe nicht mit ihm gesprochen und ging wortlos weiter. Einen Tag später habe ich von meinem Vater gehört, der Derwisch hätte seinen Zopf abgeschnitten und die Stadt verlassen. Seitdem hab ich ihn nie wieder gesehen. Aber ich vermisse ihn sehr. Ich wünschte mir, ihn wieder zu sehen, um ihm zu sagen, dass ich ihm verziehen habe.
Jetzt hab ich keine Eile, um zu sterben. Gestern hab ich mir erlaubt, meine Stimme gegen den Kommandanten zu erheben. Ich hab ihn einen Egoisten genannt. Ich schäme mich dafür. Ich war selbst ein Egoist, weil ich vor den anderen den Märtyrertod erleiden wollte."
„Soraw, kannst du aufhören? Du hast mir gesagt, du wolltest über dein Leben reden, aber diese Geschichten haben nichts mit dir zu tun."

„Aber wir haben alle in einem Schützengraben gelebt. Weißt du, welche Bedeutung das hat?"
„Natürlich, ihr seid Kampfkameraden gewesen. Aber jeder von euch hatte bestimmt sein eigenes, individuelles Schicksal. Ich will von deinen damaligen Problemen wissen, weil diese mit meinem Leben zu tun haben."
„Aber die Ereignisse, die ich dir erzählt habe, sind auch meine kulturelle Identität."
„Die Geschichte, die du mir erzählt hast, kann nur als eine Geschichte interessant sein. Es kann romantisch und zauberhaft sein, wenn ein Vater auf dem Grab seines Sohns lebt. Aber es ist kaum zu glauben. Warum muss ein gesunder Mann, ein Mathematiklehrer, eine solch schwere Lebensform für sich wählen? Er konnte sein Leben weiter voranbringen. Er konnte wieder heiraten und wieder einige Kinder bekommen."
„Ja, wenn er ein pragmatischer Deutscher wäre, hätte er es wahrscheinlich so gemacht. Weil bei euch mit dem Tod Schluss ist, der letzte Teil des Lebens. Aber bei uns ist er ein wichtiger Teil des Lebens. Wir sind immer mit dem Sterben beschäftigt. Weißt du, auf welche Lebensdauer die Kurden hoffen können?"
„Keine Ahnung!"
„Sag mir eine Ziffer, die du logisch findest."
„Ich weiß es nicht ..."
„Aber du kannst deine Fantasie benutzen. Die Kurden sind die größte Nation der Welt, die über die Länder verteilt wurden. Nach deiner Fantasie, die Lebensdauer der Menschen dieses elenden Volkes soll wie viel Jahre betragen?"

„Sechzig oder fünfzig, was weiß ich?"
„Ich weiß es auch nicht. Weil man keine wirkliche Statistik über die Kurden finden kann. Aber wenn man einen zufälligen Ausschnitt der Gesellschaft, zum Beispiel meine Verwandten, nimmt, kann man erkennen, dass die Lebensdauer bei Kurden weniger als vierzig Jahre ist. Obwohl fast kein Kurde an Hunger stirbt. Natürlich kann man mit einer pragmatischen Logik die enge Beziehung, die es zwischen dem Tod und dem Leben im Morgenland gibt, nicht verstehen. Ich kann auch manches eurer pragmatischen Logik nicht begreifen; zum Beispiel die Logik einer deutschen Firma, die gleichzeitig Minen, Minensuchgeräte und Beinprothesen herstellt."
„Ich hab dich nach deiner konkreten Wirklichkeit gefragt und nicht nach der kulturellen Logik deiner Geschichte. Vorher hast du mir diese Geschichte völlig anders erzählt."
„Aber ich habe dir vorher diese Geschichte gar nicht erzählt."
„Doch, doch, vor neun Jahren hast du sie mir erzählt, aber du hast damals gesagt, dieser Derwisch wäre dein, du hast es so gesagt, Mitbürger gewesen."
„Kirsten, du irrst dich. Bisher habe ich nicht mit dir über diesen Mann gesprochen. Vielleicht habe ich dich aus dem Konzept gebracht."
„Nein, Soraw, ich bin sicher. Du hast mir kaum etwas über deine Vergangenheit erzählt, deshalb erinnere ich mich so gut an deine Worte. Du hast mir gesagt, dass in deiner Stadt ein Derwisch lebte, der bereits ein Lehrer war und bis zu seinem Tod am Grab seines Sohnes gehaust habe."

„Jetzt erinnere ich mich an ihn. Er war aber kein Lehrer. Als ich ein Kind war, sah ich ihn immer, wenn ich mit meiner Mutter zum Grab meiner Großmutter gegangen war. Er hatte auch eine kleine Bude und viele Bäume und Blumen angepflanzt. Deswegen hatte dieses Grab eine schöne Umgebung. Aber er war ein einfacher und einsamer Derwisch und war kein Lehrer."
„Doch, doch, du hast mir gesagt, dass er ein Lehrer war. Deswegen finde ich die beiden Geschichten völlig gleich."

Soraw schweigt. Er schaut sein Glas an. Der Schaum des Biers ist ganz verschwunden. Er nimmt das Glas und leert es in einem Zug. Dann sieht er über Kirstens Kopf wieder das Gespenst des Waldes. Er denkt, Kirsten wolle ihn wie immer bei einer vermutlichen Lüge überraschen. Warum soll ich dieser Frau meine Geheimnisse anvertrauen, wenn sie meine vor neun Jahren gesprochenen Worte schon gegen mich benutzt? Bestimmt hatte ich ihr nie gesagt, dass der kurdische Derwisch ein Lehrer war, er kam mir eher wie ein Analphabet vor. Ich hatte niemals in seinen Händen ein Buch, eine Zeitung oder auch nur ein Blatt Papier gesehen und außerdem sprach er mit einem dörflichen Akzent.
Wenn ich jetzt meine Mutter anrufe, kapiert Kirsten, dass sie keine Alleswisserin ist und dasteht wie die Kuh vorm neuen Tor. Aber ich kann sie nicht nach so vielen Jahren wegen einer solch komischen Frage anrufen. Und warum soll ich einer solch größen-

wahnsinnigen Frau ihre Dummheit beweisen? Vom ersten Tag, an dem ich in dieses Scheißland kam, durch die Polizei verhaftet worden war, musste ich ständig meine Armseligkeit beweisen, aber die Deutschen hatten immer in meinen Antworten nach der Lüge gesucht, um zu beweisen, dass mein tragischer Lebenslauf nur eine eingebildete Geschichte sei.
Soraw sieht die nicht geöffnete Bierflasche, die in der Mitte des Tisches liegt. Danach suchen seine Augen nach dem Feuerzeug und finden es neben ihrer grauen Handtasche. Er nimmt es an sich und mit einer schnellen Handbewegung lässt er den Kronkorken neben ihrem Gesicht in hohem Bogen davonfliegen und trinkt das schäumende Bier direkt aus der Flasche. Nachdem er einen großen Schluck genommen hat, steht es auf dem Tisch. Danach holt er eine Packung Zigaretten aus der Tasche seines Hemdes. Er zündet eine Zigarette an und starrt in das unklare Bild des Waldes. „Soraw, zünde mir auch eine Zigarette an!"
Soraw holt widerwillig noch eine Zigarette aus der Packung, zündet sie an und streckt sie Kirsten entgegen. Sie nimmt die angezündete Zigarette zwischen Zeige- und Mittelfinger und schlägt, wie es Soraw in solch seltenen Situationen immer gemacht hatte, mit ihren zwei freien Fingern auf seine Hand und sagt:
„Ich hab nicht gemeint, dass du mich angelogen hast oder deinen Lebenslauf verdrehen willst."
„Was dann? Was wolltest du damit sagen? Du hast behauptet, du hättest meine persönlichen Ereignisse besser als ich gewusst!"

„Nein, ich hab dir nur gesagt, du hättest vorher dieselbe Geschichte erzählt."
„Klar, aber was bedeutet dieser Satz?"
„Man könnte meinen, dass du einen Teil von deiner Vergangenheit vergessen hast oder dass du ihn mit deinem Unterbewusstsein vermengt hast."
„Dann habe ich Alzheimer oder vielleicht Schizophrenie. Willst du mich nicht ins Irrenhaus schicken?"
„Lerne doch endlich, dass du ein Mensch bist und ein Mensch kann psychische Probleme haben."
„Du bist auch ein Mensch, aber du benimmst dich wie ein Besserwisser und das kann dein psychisches Problem sein."
„Aber das ist mein Beruf und ich kenne diese Wissenschaft besser als du."
„Aber Psychologie ist keine exakte Wissenschaft. Ganz einfach, weil diese Wissenschaft über eine verdammte Sache spricht, die sie selbst erschaffen hat und deswegen alle ihre Gesetze vernichten kann. Auch wenn du eine geschickte Psychiaterin bist, solltest du deine Patienten ihre Probleme selbst erzählen lassen."
„Aber du bist keiner meiner Patienten, du bist mein Geliebter. Deshalb rede ich mit dir nicht nur mit meinem Kopf, sondern auch mit meinem Herzen. Ich will dir helfen, aber ich brauche dazu deine Hilfe. Wir sollten unsere Vergangenheit kennen, damit wir unsere Zukunft bilden können. Komm erzähl weiter, ich bin ganz Ohr."
„Ok, deine Zigarette ist fertig. Bevor du die neue aufgeraucht hast, bin ich wieder da. Ich gehe pin-

keln. Dann erzähle ich dir etwas, das du wichtig und interessant findest."

„Ich muss auch auf Toilette."

„Ich pinkle aber in den Wald."

„Ok, dann brauchst du keine Münze."

Soraw schiebt seinen Stuhl nach hinten und steht auf. Er merkt, dass er ein bisschen betrunken ist. Er hebt die Bierflasche vom Tisch und trinkt sie im Stehen leer. Dann geht er in den Wald. Kirsten schaut ihm nach. Er sieht auch von hinten sehr attraktiv aus. Er ist groß und hat breite Schultern. Wenn er sich aber seine Haare färbt, sieht man ihm sein Alter nicht an. Er hat zwei feste und muntere Wangen und keine Falten. Es scheint Kirsten so, als hätte er sein Gesicht im Baumharz seiner Vergangenheit in Verwahrung gegeben. Obwohl er viel Bier trinkt, hat er noch keinen Bauch. Fast immer trinkt er schaumfreies Bier, joggt jeden Abend. Wirksamer als alles andere ist für seine Figur und ihre Freundschaft sein großes Interesse für die Berge. Da Kirsten in einer gebirgigen Gegend aufgewachsen ist und viele Erinnerungen an ihre Jugend damit verbunden sind, liebt sie die Berge und das Bergsteigen. Es war in den vergangenen elf Jahren immer ihr gemeinsames Hobby.

Wenn sie in einer guten Phase ihrer Beziehung gewesen waren, fuhren sie jedes Wochenende zu ihrer Mutter in die Schwäbische Alb und gingen Bergsteigen, fuhren Ski und genossen die freie Natur. Das wasserreiche gebirgige Land ihrer Herkunft ähnelt in seiner Unberührtheit dem wilden Kurdistan.

Deshalb fuhr Soraw fast jede Woche in dieses Gebiet, auch als er und Kirsten nicht mehr miteinander redeten.
Er nahm immer sein Zelt und seine Rucksäcke mit. Wenn er den roten Volkswagen von Kirsten dort nicht sah, besuchte er stets Kirstens Mutter und übernachtete bei ihr. Kirsten dachte zuerst, dass dies ein Vorwand wäre, sie zu sehen. Im Laufe der Jahre glaubte sie aber, dass der Grund dieser Besuche eine starke Nostalgie war, die ihn jede Woche in ihre Heimatstadt und zu ihrer kranken Mutter führte. Jetzt weiß Kirsten, wie sehr ihre stumm gewordene Mutter Soraw mag und wie sie mit ihren dankbaren Augen ihre Liebe zu ihm ausdrückt. Kirsten nimmt ihre Handtasche vom Tisch und geht zur Toilette.
Wenn ich ein Mann wäre, würde ich wie Soraw in der freien Wildbahn im Stehen weit pinkeln. Ich kann niemals dieses männliche Gefühl erleben. Aber ich kann dafür einige weibliche Gefühle erfahren, die Männer nie fühlen können. Ein Mann kann nicht erfahren, wie sich eine Schwangere fühlt, die es nach sauren Gurken gelüstet oder wie es ist, ein Kind zu stillen. Nach dem Pinkeln geht sie zu ihrem Auto und bringt wieder zwei Bierflaschen. Sie sieht ihn auch wieder im Schatten.
„Wie war dein Pinkeln, mein Baby?"
„Fantastisch, manchmal denke ich, dass ich nur wegen des Pinkelgenusses das Bier mag."
„Wie ist dieses Gefühl bei den Männern?"
„Ich glaube, dieses Gefühl hat mit dem Geschlecht nichts zu tun. Man genießt das Pinkeln mehr, weil

man seine Harnblase fühlt und der Kopf leer ist. Ich kann manchmal in dieser Situation nicht nur das Pinkeln genießen, sondern auch alle meine Gedanken auf eine Sache konzentrieren und die kompliziertesten Rätsel lösen. Ich habe gerade dein Rätsel gelöst."

„Mein Rätsel? Was war mein Rätsel?"

„Der kurdische Derwisch war kein Lehrer, aber er hatte mit diesem Wort, Lehrer, zu tun, weil sein zehnjähriger Sohn von seinem Lehrer ermordet worden war."

„Wieso das denn?"

„Im Iran durften die Lehrer ihre Schüler körperlich strafen. Ein Lehrer hatte den Sohn des genannten Derwischs so stark geschlagen, dass er sofort tot war."

„Unglaublich, wurde der Lehrer bestraft?"

„Ich weiß nicht genau, aber wenn ich mich recht erinnere, hat ihn einmal meine Mutter gefragt und er antwortete, der Lehrer wäre nach einigen Monaten Haftstrafe wieder entlassen worden. Dieser Junge war das einzige Kind des Derwischs. Danach hatte er neben seinem Grab eine Bude gebaut und dort gelebt. Wenn er noch nicht gestorben ist, ist er jetzt ein siebzigjähriger Mann. Du hast alle diese Informationen dank meiner Pinkelpause bekommen."

Wenn jetzt nicht Mitternacht wäre, hätte sie laut losgelacht. Sie lacht leise, aber anhaltend, mit voll geöffnetem Mund und schlägt sich gleichzeitig auf ihre Schenkel. „Ich liebe deinen Pinkelapparat."

Soraw sieht jetzt, dass sie auch betrunken ist, aber sie hatte auch zwei neue Bierflaschen mitgenommen.

„Kirsten, willst du noch trinken?"
„Natürlich."
„Aber wer soll uns nach Hause bringen. Soll ich aufhören?"
„Nein, trink weiter. Wir können ein Taxi rufen. Ich gieße uns weiter nach und du erzählst mir von deiner Vergangenheit." Sie öffnet eine Flasche und teilt das Bier zu gleichen Teilen auf ihre Gläser auf. Soraw beginnt zu erzählen:
„Das Geständnis des Soldaten, dass ihn jemand vergewaltigt hatte, war außergewöhnlich. Solche Sachen sind im Mittleren Osten ein großes Tabu. Niemand hätte, auch vor seinem sicheren Tod, über solche Sachen gesprochen. Solche Erinnerungen bringen einen Mann ins Grab.
Ich bin sicher, dass alle meine Kameraden sein Geständnis als die unerwartetste Geschichte jener Nacht empfunden hatten. Aber am meisten hat mich die nächste unerträgliche Erinnerung, die ein Rotschopf anschließend nach diesem Bekenntnis erzählt hat, geschockt. Wenn Issa nicht gestorben wäre, hätte er bestimmt diese unverschämte Rede nicht ertragen können und ihn noch in derselben Nacht ermordet.
Der Rotschopf hat in meine Augen geschaut und gesagt:
„Ich hab in Kurdistan, in der Sanandaj, gedient. Dort war ich der Beauftragte für Geständnisse. Meine Arbeit hatte mit den geheimen Gruppen der städtischen Feinde, nämlich mit dem Grüppchen KOMALA, zu tun. Wenn die anderen unserer Kämp-

fer für den Islam einige von Komalas verhaftet hatten, sollten wir sie so schnell wie möglich zum Sprechen bringen, bevor andere Mitglieder ihrer Gruppe verschwinden konnten. Manche von diesen betrogenen Menschen hatten schnell gebüßt und waren unter den Schirm der islamischen Barmherzigkeit gekommen. Aber die meisten wollten an der Front des Teufels bleiben. Dann konnten wir sie nur durch Folter zum Reden bringen. Viele von ihnen wollten sich umbringen. Einige waren trotz aller Folter schweigsam geblieben und bei der Folter umgekommen. Ich konnte und kann nicht verstehen, warum diese Heiden sich so einfach töten lassen.

Ein Kämpfer des Islam kämpft wegen eines heiligen Ziels. Er weiß, wenn er den Märtyrertod erleidet, verlässt er nur eine vergängliche Welt und bekommt stattdessen das ewige Paradies. Die Führer dieser Söldner mussten sie einer solchen Gehirnwäsche unterzogen haben, dass sie an dieser nichtigen Front sterben wollten.

Eine von ihnen war eine Frau, die schönste und kräftigste Frau, die ich bisher gesehen habe. Sie war mit einer ihrer Kameradinnen bei einer militärischen Aktion in Sanandaj verhaftet worden. Sie hatten bis zur letzten Patrone gekämpft und sind dann durch unsere Brüder des Sepah festgenommen worden. Ihre Freundin hatte ein freches Mundwerk gehabt. Sie trug islamische Kleidung und obwohl ich nur eine Leibesvisitation bei ihr vornehmen wollte, schrie sie: „Fass mich nicht an mit deinen dreckigen Pfoten."

Ich hab so stark mit meiner Faust auf ihren Mund geschlagen, dass zwei ihrer Zähne herausbrachen. Nachdem sie zwei Tage gefoltert worden war, schrieb sie uns, was sie gewusst hatte. Wir wollten aber die Namen und Adressen der geheimen Mitglieder wissen. Sie hatte uns geschrieben, dass nur ihre Kameradin diese wüsste. Bis dahin konnten meine Arbeitskollegen sie nicht zum Reden bringen. Innerhalb von vier Jahren Vernehmung war ich ein geschickter Vernehmer geworden. Ich konnte alle drei Methoden, Ansporn-Drohung-Folterung, immer zur richtigen Zeit einsetzen. Jeder Mensch hat einige Schwachpunkte, die ein Vernehmer schnell finden muss. Als ich sie gesehen hatte, hing sie fast nackt an den Füßen von der Decke. Ich war beeindruckt von ihrer Schönheit. von ihrer glatten und frischen Haut, von ihren wohlgeformten Brüsten und ihren langen schwarzen Haaren, die fast meine Knie berührten. Obwohl wir dem religiösen Gesetz entsprechend mit allen Feinden des Islam, die wir verhaftet hatten, schlafen durften, sollten wir sie zuerst zum Sprechen bringen, weil sie normalerweise nach ungewolltem Sex widerspenstig werden und nicht mehr sprechen wollen. Ich hab ihre Akte gelesen. Sie kam aus einer reichen Familie, die immer schon in einem vornehmen Viertel von Sanandaj gewohnt hatte. Deswegen hab ich es als völlig unsinnig gefunden, ihr finanzielle Versprechen zu machen. Nachdem meine Kollegen sie herabgelassen und auf einen Stuhl gesetzt hatten, hab ich ihr gesagt:
„Ich weiß, dass du in den letzten zwei Tagen nicht reden wolltest, deswegen bin ich da. Ich sage es dir

aufrichtig. Ich weiß auch, dass du eine Heidin bist, aber ich bin hier dein wirklicher Gott. Ich kann mit dir machen, was ich will. Du hast bei mir nur zwei Möglichkeiten. Erstens: Du beantwortest mir, was ich dich frage. Dann kannst du zum Teufel gehen. Mir ist scheißegal, ich und dieses Land brauchen die Huren, wie du eine bist, nicht. Dies kann sehr schnell und gemütlich vorbeigehen. Zweitens: Du sagst uns alles, was du weißt und noch mehr, nachdem deine Fotze, dein Mund und dein Arsch gefickt und zerrissen ist. Da du eine Hure bist, findest du das vielleicht nicht so schlimm. Dann fang ich eine andere Phase an.

Ich schneide mit einem Messer deine schöne Titten ab und stecke sie in deine Fotze. Ich bin ein richtiger Henker. Du musst wissen, der Islam ist nicht nur die Religion der Liebenswürdigkeit, sondern auch der Brutalität. Unser Gott, Allah, ist gnädig und auch ein Tyrann. Du wirst alles, deine Ohren, deine Augen, deine Hände … verlieren und wenn du dann noch immer nicht redest, geben wir dir eine Injektion, dass du uns unter Lachen alles erzählst. Dann wird das, was von deinem Körper noch übrig ist, wie andere deiner verdammten Parteigenossen, in einem Massengrab, in Beton gegossen. Sie haben mir auch vor ihrem schmerzhaften Tod alles erzählt, deswegen bist du hier. Kurz gesagt, einer deiner Wege führt zur Freiheit und der andere zum FLUCHHOF*.

* Die islamische Regierung des Iran nennt die Friedhöfe, auf denen ihre Gegner gelegt werden, Fluchhof.

Weißt du, wo der Fluchhof ist? Bestimmt weißt du es, weil das ganz in der Nähe von den Anwesen deiner Ahnen ist. Morgen komme ich wieder. Heute Abend kannst du wählen, zwischen Freiheit und Fluchhof.

Auch am nächsten Tag schwieg sie noch. Dann haben wir angefangen, sie zu foltern. Wir haben mit aller Kraft versucht, sie zum Reden zu bringen. Alle meine Bemühungen in den ersten drei Tagen blieben erfolglos. Wir konnten durch saubere Folter ihren Willen nicht brechen. In diesen drei Tagen war sie an den Füßen aufgehängt. Wir haben zwei schwere Gewichte an ihre Hände gebunden. Ich ließ sie nicht eine einzige Sekunde schlafen, sondern auch ihre Ohrmuschel, Brustwarze und Klitoris wurden periodisch stark geschockt. Sie hatte weder gesprochen, noch vor Schmerzen gebrüllt. Sie hatte bei dem Schock am ganzen Körper gezittert und ihre Augen geschlossen. Mir war plötzlich in den Kopf gekommen, dass ich ihre Augen nicht schließen lasse. Ich hab einem meiner Kollegen gesagt, kleb ihre Augenlider mit dem Sekundenkleber an ihre Augenhöhle. Dann hab ich einen Scheinwerfer, der gegenüber ihren Augen war, eingeschaltet. Jetzt konnte ich, als wir gleichzeitig ihre Ohrmuschel, Brustwarze und Klitoris mit der starken Elektrizität geschockt hatten, das Hinunterfließen ihrer Tränen und auch alle Schmerzen ihrer Körperteile in ihren schwarzen glänzenden Augen und an ihrem zitternden Körper sehen. Ich hab das unglaublich genossen. Plötzlich hab ich angefangen zu lachen.

Ich konnte und wollte mir das Lachen nicht verkneifen. Mein ungebetenes Gelächter hat meine Kollegen zum stärkeren Schock angestiftet. Sie hatte fest auf ihren Mund gebissen, zitterte wie Espenlaub am ganzen Leib. Ihre Augen tränten vor Schmerzen und meine vor Lachen. Plötzlich wurde sie einige Male von Schauder erfasst. Dann waren ihre Pupillen verschwunden und ihre Augen weiß geworden und sind unbeweglich geblieben. Ich hab ihre Wangen mehrmals mit meiner Handfläche geschlagen. Sie bewegte sich nicht. Ich hab versucht, ihren Puls zu fühlen. Ich hab aber keinen Pulsschlag gefühlt. Ihr Handgelenk war völlig kalt. Ich hab geschrien:
„Lasst sie sofort herab, sie darf nicht sterben."
Einer meiner Kollegen hat sofort die Kurbel des Hebezeugs gedreht und sie herabgelassen und dann ihre Füße losgebunden. Einer ist aus dem Folterzimmer rausgerannt, um den Arzt zu holen und ich hab ihren Blutdruck gemessen. Er war sehr niedrig. Nach einigen Minuten war der Arzt da. Er sagte, wir müssen sie ins Behandlungszimmer bringen. Ich wollte sie nicht sterben lassen, bevor ich sie zum Reden gebracht und mit ihr geschlafen hatte. Nach einigen Tagen ging es ihr besser. Ich ließ sie in Ruhe, um eine neue Phase mit ihr zu beginnen. Normalerweise, wenn die schlechte Situation eines Gefangenen plötzlich verbessert wird, zum Beispiel, wenn er ein großes Zimmer bekommt, das in der Nacht dunkel ist, anstatt der fünfzig mal fünfzig Zentimeter Einzelzelle, in der Tag und Nacht eine blendende Lampe brennt, wenn er gutes Essen und frische Luft

bekommt, fürchtet er sich mehr vor der Folter. Nach einigen Tagen bin ich zu ihrem Zimmer gegangen und habe versucht, sie mit Schmeichelei zum Reden zu bringen. Sie war aber noch immer schweigsam. Dann habe ich sie gewarnt, ihre nächsten Tage würden unglaublich schmerzhaft sein, sie würde ihre Körperteile, nämlich ihre schöne Brüste und ihre zauberhaften schwarzen Augen verlieren. In dieser Zeit hatte ich ihr direkt in die Augen geguckt, aber sie schaute hinter mir die graue Wand an. Ihr weiter und gleichgültiger Blick hatte mich wie ein Blitz getroffen. Ich konnte nicht mehr reden. Ich schaute ihr direkt in ihre schwarze Iris, konnte aber nicht ihren Blick fassen. Ich bin auf der Stelle aufgestanden und aus dem Zimmer gegangen.

Ich hatte keine Lust mehr zur Folter oder zur Unterhaltung. Ich ging direkt zum Parkplatz, stieg in meinen Wagen und bin ziellos in der Stadt umhergefahren. Noch immer hatte ich ihren gleichgültigen und zauberhaften Anblick vor Augen. Spät in der Nacht bin ich nach Hause gekommen. Meine Frau hatte noch nicht geschlafen. Als ich die Haustür öffnete, rannte sie zur Tür und wollte mich küssen. Ich hab ihr aber nur über das Haar gestrichen. Unter dem Vorwand, müde zu sein, bin ich ins Bett gegangen, war aber die ganze Nacht auf und überlegte, vielleicht eine Zeit-Ehe mit ihr zu schließen. Ich hab gewusst, dass ich mein Ziel durch Folter oder Drohung nicht erreichen konnte. Da das Frühlingsfest bei den Kurden starke Gefühle auslöst, hab ich mich entschieden, das Neujahrfest als Vorwand zu benutzen, um die unerwartete Änderung meines Verhaltens zu rechtfertigten. Ich hab am Morgen meinen Boss, er war mein Onkel, angerufen und ihm gesagt, wir sollen sie zwei Tagen in Ruhe lassen, damit ich meine zweite Phase anfangen könne. Er hat mir geantwortet, dass wir keine überflüssige Zeit hätten und ich sie so schnell wie möglich zum Geständnis zwingen sollte. Damals hatte das Komala-Grüppchen in Kurdistan und besonders in der Sanandaj ständig Sabotageakte organisiert. Sie zündeten auf den Bergen, die diese Stadt umgeben, Feuer an. Sie haben bei Nacht hämische Flugblätter verteilt und sind auch in die Moscheen gegangen und haben gegen den Islam propagiert. Ich hab meinen Onkel um zwei Tage Pause angefleht. Da wir nicht am Telefon deutlich reden durften, hat er mir am Ende gesagt, ich soll zu ihm kommen, um direkt darüber zu sprechen. Ich konnte meinen Onkel überzeugen.

Nach zwei Tagen hab ich eine Vase mit Geranien und zwei lebendige rote Fische gekauft, einige schön gefärbte Eier zu einem Geschenk verpackt und bin zu ihr gegangen. Ich hab viele Male an die Tür ihres Zimmers geklopft. Sie hat nicht geantwortet. Sie wollte ihre Augenklappe aufsetzen. Ich hab zu ihr gesagt: „Lass das." Sie saß in der Hocke in einem grauen Gefangenenkleid. Ihr langes schwarzes Haar war ganz zerzaust. Mir blieb beinahe das Herz stehen vor Aufregung. Ich hab die Packung auf den Boden gelegt und sie geöffnet. Ich hab die Vase mit der Geranie in die Ecke des Zimmers und die

Packung mit den gefärbten Eiern vor sie hingelegt. Dann hab ich die Nylontüte, in der die roten Fische waren, herausgenommen. Lautlos hab ich das Wasser mit den Fischen in einen durchsichtigen Plastikkrug gegossen. Den Krug hab ich dann neben die Vase gestellt. Sie sagte nichts und blieb reglos. Ich hab ihr, so freundlich wie ich nur konnte, gesagt:
„Ich musste dich bisher grausam behandeln. Bestimmt kannst du verstehen, dass ich nicht anderes handeln konnte. Das ist das Gesetz des Krieges. Ihr kämpft gegen uns und wollt die Errungenschaften unserer Revolution vernichten. Viele von unseren Soldaten haben durch euch den Märtyrertod erlitten, aber eure Führer wollen diesen Krieg nicht beenden. Wenn ihr uns tötet, können wir nicht freundlich mit euch umgehen. Ich erlaube mir, dir aus tiefem Herzen zu sagen, dass du dein Volk nicht verraten sollst. Vielleicht hätte ich an deiner Stelle genauso wie du gehandelt. Ich hab großen Respekt vor deinem Widerstand.
Aber ich muss dir als dein Mitmensch die Wirklichkeit dieses Ortes, nämlich den Folterraum des Sicherheitsministeriums, erklären. Du hast hier überhaupt keine Chance. Du wirst deine Kameraden und dein Volk verraten und sehr schrecklich sterben. Niemand kann dir helfen, außer mir. Ich bin jetzt der einzige Mann, der dich retten kann. Ich kann dich retten, ohne dass du deine Mitkämpfer verrätst. Du kannst hier rausgehen und ohne Gewissensbisse das Neujahrfest mit deiner Familie feiern. Ich brauche keine Informationen von dir. Besser gesagt, ich ver-

rate meine Ziele, weil ich dich nicht sterben lassen will. Vielleicht findest du dies merkwürdig, aber ich will meine Kollegen und meinen Glauben verraten, damit ich dich retten kann. Weißt du warum?"

Ich hab sie drei Mal gefragt, aber sie hat mir nicht geantwortet. Sie hat nur die Wand angeschaut. Ich hab meinen Kopf nach vorne gesenkt und ihr genau in die Augen gestarrt und meine Frage wiederholt. Auch in dieser Situation konnte ich ihren Blick nicht erfassen. Ich hab ihr ein Geständnis gemacht, dass ich sie wirklich retten wollte, weil ich sie gemocht habe. Aber sie hat auf mich überhaupt nicht reagiert, als ob sie mein Reden völlig unwichtig gefunden hätte.

Ich redete weiter: „Du musst mir aber dabei helfen." Bei diesem letzten Satz sah sie mich an. Als wäre sie neugierig geworden, welche Hilfe sie mir geben könnte. Ich hab mit einer freundlichen Stimme gesagt: „Die einzige Möglichkeit, mit der ich dich retten kann, ist, dass ich mit dir eine Zeit-Ehe schließe."

Bei diesem Vorschlag hat sie gegrinst. Das hat nur einen Moment gedauert, aber damit vernichtete sie meine ganze Persönlichkeit. Das Grinsen enthielt eine so riesige Verachtung, dass ich es nicht ertragen konnte. Ich bin sofort aufgestanden und aus dem Zimmer gegangen. Ich war so wütend, konnte mich nicht konzentrieren. Jetzt hasste ich sie.

Ihr Grinsen war nicht nur Verachtung, sondern auch eine unerträgliche Beleidigung meiner Person und meiner Weltanschauung. Ihr Grinsen hat mich an alle Gottesfeinde erinnert, die mich während der

Folter reaktionär, charakterlos, eine Marionette, genannt hatten. Damals konnte ich ihre Schreie hören. Sie brüllten vor Schmerzen und ich konnte sie wegen ihrer unsinnigen und illusorischen Ziele auslachen. Diesmal war es aber etwas ganz anderes. Wir konnten sie weder zum Geständnis, noch zum Flehen oder Gejammer zwingen. Außerdem hatte ich mir eingestehen müssen, dass ich sie heiraten wollte. Ich kann bei allen Heiligen schwören, dass mein Vorschlag mit Wollust nichts zu tun hatte. Wenn ich mit ihr hätte schlafen wollen, hätte ich das ganz leicht machen können.
Ich wollte sie retten und mein Vorhaben war die einzige Möglichkeit. Aber sie verachtete mich. Ich hab zwei Soldaten, die mich an den Tagen vorher um Urlaub gebeten hatten, den Urlaub gegeben und andere Soldaten einem Phantom nachjagen lassen. Ich hatte mich entschieden, dass ich sie von da an so brutal ficke, dass sie bis zu ihrem Tod nicht mehr grinsen konnte. Ich wollte ihren Körper so ausquetschen, dass sie, wenn sie ihn angeschaut hätte, dabei eine Gänsehaut bekommen sollte. Ich bin in ihr Zimmer gegangen und hab sie herausgezogen. Ich hab sie in das zweite Untergeschoß gebracht. Nachdem ich die Tür geschlossen hatte, hab ich sie fest an die Wand gedrückt. Sie war auch dabei schweigend und bewegungslos. Ich hab gierig mit meinen beiden Händen ihre Brüste gedrückt. Auf einmal hat sie sehr stark mit ihrem Kopf auf meine Nase geschlagen. Einige Sekunden war es mir schwindlig, dann bin ich wieder zu mir gekommen. Ich hab

angefangen, sie zu schlagen. Nachdem ich ihr eine gehörige Tracht Prügel gegeben habe, hab ich das Blut meiner Nase an ihrem Hals abgewischt und sie entkleidet. Ich wollte sie auf den Rücken legen. Sie schnellte aber mit ihrer Hand hoch und hat meine Hoden gepackt. Sie hatte sie so fest gedrückt, dass ich angefangen habe zu schreien und gleichzeitig hab ich sie geschlagen, aber sie hat meine Hoden nicht losgelassen.

Ich konnte kaum meine Elektroknüppel vom Bund nehmen. Beim ersten Knüppelhieb ließ sie meine Hoden los. Aber ich hab sie noch mehr geschlagen, bis sie gelähmt auf dem Boden lag. Meine Hoden haben schrecklich wehgetan, deswegen hab ich die Schublade der Schränke geöffnet und zwei Holzknüppel genommen. Ich hab einen in ihre Vagina geschoben. Sie war trotz ihres Alters von dreiundzwanzig Jahren noch Jungfrau. Ich konnte es selbst nicht mit ihr machen, deswegen schob ich meine Knüppel in die Scheide und in den Arsch. Nach einigen Minuten musste ich aufhören. Meine Hoden schmerzten unerträglich. Sie war vollkommen blutig. Ich hatte eine Menge betäubender Mittel auf meine Hoden gespritzt, dann erst konnte ich meine Hose wieder tragen. Ich hab sie gezwungen, splitternackt in ihr Zimmer zu hinken und bei jedem ihrer Schritte hat sie Blutflecke auf dem Boden hinterlassen. Da ich sie nicht entjungfern konnte, war es mir egal, ob alle anderen meiner Kollege auch mit ihr schliefen. Jetzt wollte ich meine letzte Phase einleiten, um sie zum Reden zu bringen. Normalerweise soll ein anderer Mann diese Phase beginnen. Diese Phase heißt das Spiel des Dämons und des Engels. Nachdem ein Vernehmer durch die Folter den Gefangenen nicht zum Reden bringen konnte, kommt ein anderer Mann und spielt die Rolle eines netten Menschen. Da ich vorher ungewollt diese Rolle gespielt hatte, hab ich meinen Onkel gebeten, dass ich meine Aufgabe zu Ende bringen dürfte. Ich hab ihre enge Freundin, die mit ihr verhaftet worden war, als Köder benutzt. Ich hab ihr gesagt, wenn du nicht sprichst, lasse ich meiner Kollegen ihre beiden Brüste abschneiden. Ich hab es drei Mal wiederholt, aber sie hat mir nicht geantwortet. Deshalb entkleideten meine Kollegen ihre Freundin und banden sie an eine Säule. Einer von ihnen hat seine Machete an ihre Brust gelegt. Sie hat mich angefleht, damit ich ihr Mitleid schenke. Ich hab ihr gesagt, nur ihre gute Freundin könnte sie retten. Dann hat sie angefangen, ihre Freundin zu bitten und sagte mit weinenden Augen: „Sag ihnen bitte, was sie wollen. Unsere Kameraden sind frei, aber wir sind verhaftet, bitte, bitte, meinetwegen sag ihnen. Sie sind frei, wir sind verhaftet." Aber sie schaute sie nur an. Mein Kollege hat eine ihrer gewölbten Brust hochgehoben und wollte sie abschneiden. Sie fing zu schreien: „Dummkopf, sag es ihnen, bitte. Bei der Seele deines Geliebten."

Ich hab ihr gesagt, ich wollte keine Information von ihrer Freundin hören und mir ist genug, wenn sie nur spricht, egal über was, dann wirst du gerettet. Sie weinte und bat ständig, aber ihre Freundin blieb stumm. Ich hab meinem Kollegen gesagt, ich zähle bis zehn und dann fängst du an. Genau bei der zehnten Zahl schnitt er ihren Busen an. Sie kreischte unglaublich scharf und mein Häftling hatte sich erbrochen. Sie übergab sich hintereinander und konnte nicht damit aufhören. Wir haben sie in dieser Situation dort gelassen und die brustabgeschnittene Frau zum Furchtsaal mitgebracht, wo alle weiblichen Straftäter versammelt waren. Normalerweise wurde jede Aufführung der Furcht eine Lehre für sie. Danach hab ich sie zur Klinik des Gefängnisses geschickt. Ich hatte erwartet, dass mein Häftling Gewissensbisse bekommt und krank würde, aber sie hatte denselben gleichgültigen Ausdruck auf ihrem Gesicht. Nach drei Tagen war ihre Freundin wieder aus der Klinik entlassen. Ich hab sie zu meinem Häftling geschickt, weil wir in ihrem Zimmer eine Abhörwanze versteckt hatten. Wir haben erwartet, dass sie miteinander streiten. Deswegen hatte ich einen kurdischen schiitischen Soldaten damit beauftragt ihr Gespräch mitzuschneiden.

In dieser Nacht konnte ich nicht schlafen. Ich mochte ihre Stimme hören und wissen, was sie über mich sagte. Am frühen Morgen hat mich einer meiner Kollegen angerufen und mir gesagt, dass sie beide Selbstmord begangen haben. Mich traf ein unerträglicher Schmerz. Ich war in Tränen ausgebrochen. Meine Frau hat mich nach dem Grund meines Wehklagens gefragt. Ich hab ihr nicht geantwortet und bin sofort zum Gefängnis gegangen.

Sie hatten sich die Pulsadern aufgeschnitten. Da hatte ich verstanden, dass sie jeden Abend, nachdem wir sie mit Vergewaltigung kraftlos gemacht hatten, angefangen hatte, einen Reißverschlussgriff auf dem Boden ihres Zimmers zu schärfen. Ich bin von da an nicht wieder zu meiner Arbeitsstelle gegangen.

Ich ging jeden Tag, wenn der Friedhof menschenleer war, zu ihrem Grab und hörte ihre aufgenommene Stimme und ließ sie plaudern mit ihrer engen Freundin. Sie hatten überhaupt nicht über mich und meine rabiaten Handlungen geredet. Sie hatten nur von den traurigen und frohen Erinnerungen ihrer Kriegszeit erzählt. Ich hab sie beneidet um diese tiefe Freundschaft. Ich hab mein Leben als völlig sinnlos empfunden. Vorher dachte ich, dass ich für meine Ziele gekämpft hab, jetzt aber merkte ich, dass ich ein feiger und entwurzelter Mensch war.

Ich hatte in der Sanandaj als der Beamte des Forstamtes gelebt, aber ich war im wirklichen Beruf ein Folterer, der nur die verhafteten und entmachteten Menschen quälen konnte. Diese schöne Frau hat mir durch ihren unglaublichen Widerstand zu verstehen gegeben, dass ich an die Front von Recht gegen Unrecht gehen muss, wenn ich für den Weg Gottes kämpfen will. Diese Frau ist der rettende Engel, den Gott mir geschickt hat, damit ich mich den Soldaten Gottes anschließe. Als du heute im Führerhaus kurdisch geschluchzt hast, hab ich verstanden, dass heute der letzte Tag meines Lebens ist. Ich hab drei Kinder, aber ich hab heute den ganzen Tag nur an sie gedacht und hab viele Male ihre Kassette gehört. Ich bin jetzt völlig im Glück, weil ich meine Schuld begleichen kann. Mein rettender Engel war eine

Heidin und deshalb muss sie in die Hölle kommen. Ich kann in dieser Nacht den Märtyrertod erleiden und ihr mein Märtyrertum schenken, damit sie ins Paradies kommt. Soraw, willst du ihre Stimme und ihre letzten Sätze hören?"
„Ja, gerne, aber du sollst mir zuerst eine meiner Fragen antworten."
„Was für eine Frage?"
„Diese Frau hieß Awin?"
Er hatte mich erstaunt gefragt: „Woher kennst du diese Frau?"
„Ich kenne sie ganz gut, weil sie die Verlobte von ISSA war."
Mit diesem Satz hat er mit aller Kraft an seine Stirn geschlagen. Er ist aufgestanden und hat sich entfernt. Etwa zehn Minuten lang herrschte eine völlige Stille. Dann meldete sich der magere Soldat:
„Kommandant, darf ich Ihnen eine Frage stellen?"
„Nein."
„Warum hast du es ihm gesagt?"
„Weil ich gewusst hatte, was er mich fragen wollte."
„Was wollte er dich fragen?"

Soraw schweigt. Kirsten wiederholt ihre Frage, aber sie hört jetzt Soraw schluchzen.
Es ist das erstes Mal während der elf Jahre, dass sie Soraw weinen sieht. Er gehört zu den selbstbeherrschten Menschen, die ihren Kummer nicht zum Ausdruck bringen. Kirsten hat viele Fragen an ihn, über seine Geschichte, sein merkwürdiges und unklares Leben und besonders über jene Sache, nach

der vor vierundzwanzig Jahren ein magerer Soldat gefragt hatte, der mit seiner ungewöhnlichen Geschichte dem Erzählkreis eine völlig neue Richtung gab.
Aber Soraw weint noch immer und zittert. Kirsten sieht, dass er betrunken und schockiert von seinen Erinnerungen ist. Aber Soraw möchte jetzt weiterreden. Ihm fehlt aber ein richtiges Wort. Manche Begriffe kann man weder in eine fremde noch in die eigene Sprache übersetzen.
Soraw war ein TAWAB.

Das Synonym dieses arabischen Wortes in Deutsch ist Büßer. Aber welche Bedeutung kann eine Deutsche daraus ziehen? Vielleicht eine positive Bedeutung, genau wie in der arabischen und auch in der persischen Sprache. Aber man kann die eigentliche Bedeutung dieses Wort nur in Kurdisch verstehen, wenn man die Kultur und auch die historische Dummheit der Kurden kennt. Vielleicht ist diese noch nicht genug und man hätte also in einer lächerlichen und eigenartigen Geschichtsperiode der Kurden gelebt haben müssen. Wenn ich als Erzähler nur fünf Jahre jünger wäre, könnte ich das tragische Schicksal Soraws bestimmt nicht begreifen.
Als ich zwölf Jahre alt war, habe ich Tawab für den Abschaum der Menschheit gehalten. Wie Schweine für fanatische Muslime. Sie waren Widerstandkämpfer, die nach einigen Tagen, Monaten oder sogar jahrelanger Folter bereit waren, im Staatsfern-

sehen aufzutreten. Nach diesem Fernseh-Auftritt waren diese Menschen Tawab, Büßer.

Enttäuschung und Hass, deshalb hatte sich für uns die Bedeutung des Wortes Tawab ins Gegenteil verkehrt. Dann wurden sie von uns als Abschaum der Menschheit angesehen.

Soraw gehört zu dieser Gesellschaftsklasse. Er rief mich an einem Freitag an. Da ich es gewohnt bin, wie fast alle Kurden, mich zuerst beim Anruf nicht vorzustellen, fragte er mich:

„Sind Sie Herr Qawami?"

„Ja."

„Ich habe einen Ihrer Romane, BIRBA, gelesen. Ich habe darüber einige Frage an Sie."

Sein Deutsch war dialektfrei, deswegen dachte ich, wie konnte er diesen kurdischen Roman lesen und fragte:„ Wie heißen Sie?"

„Soraw."

„Sie sind ein Kurde?"

„Ja."

Dann begann ich, mit ihm Kurdisch zu sprechen, aber er sprach nicht nur mit deutschem Akzent, sondern fand auch schwer seine Worte. Am Ende sagte er mir, es würde besser sein, wenn wir uns treffen würden.

„Ich stehe Ihnen gern zur Verfügung!"

„Wo sind Sie gerade?"

„Ich bin in der Nähe."

„Ich bin genau vor dem Eingang Ihres Heimes. Ich habe gerade Ihre Handynummer von Ihrem Mitbewohner bekommen."

Ich ging zu ihm. Er stieg aus seinem Auto aus. Wir gingen etwa zwei Stunden spazieren. Ich fand ihn interessant. Er hatte einige Teile meines Romans, in denen ich unverhüllt über Sex, Islam und die iranische Regierung schrieb, nicht angesprochen oder nicht für wichtig gehalten. Er wollte nur wissen, wie ich dazu käme, über die Heiligkeiten der Kurden schlecht zu schreiben. Er sagte mir, dass der Beweggrund, warum er sich bei der Suche nach diesem Roman so viel Mühe gegeben habe, ein Satz war, den er fand, als er nach der Todesnachricht eines kurdischen Führers im Internet gesucht habe. Dieser seltsame Satz war für ihn: „Der Märtyrertod ist eine riesige Lüge, von der die Kriegstreiber aus gutem Grund Gebrauch machen."
Nachdem wir uns getrennt hatten, rief ich einen meiner Freunde an, der in Sena* in demselben Viertel von Soraw gewohnt hatte, und fragte ihn nach ihm. Er erinnerte sich noch nach dreißig Jahren an ihn und sagte sofort: „Ja, ich kenne ihn. Er war ein Tawab."

---

* Sanandaj heißt auf Kurdisch Sena.

Zweiter Teil

Die Krankheit war schon immer ein Störenfried des Menschen. Weil die Wissenschaftler aber ständig versuchen, dieses Problem zu lösen, fürchten sich die Menschen nicht mehr vor Cholera und Pest und der Penisstrumpf entschärft die Gefährlichkeit von Aids.
Gegen die körperlichen Krankheiten hat die medizinische Wissenschaft immer große Erfolge erzielt und wunderbare Heilkräuter, die die Mikroben im Keim ersticken, entdeckt. Viele Impfungen, die die Gesundheit direkt in unseren Hintern spritzen, wenden sie an. Sie stellen unzählige Schutzvorrichtungen her: Schutzhandschuhe, Schutzbrillen, Sicherheits-Masken.
Aber mit den geistigen Problemen ist es etwas ganz anderes. Die Wissenschaftler haben zwar Hunderte von gefährlichen Krankheiten vernichtet, zum einen die, die die verdammte Natur absichtlich erschaffen hat, und zum anderen die, die erfahrene Ärzte in modernen Labors irrtümlich erzeugten. Aber alle konnten keine richtige Lösung für die einzige geistige Krankheit des Menschen, nämlich das Missverstehen, im Lauf von Tausenden vergangener Jahre finden.
Wir können weder von den Ärzten und Apothekern, noch von den Schwarzhändlern ein wirksames Anti-Falschverstehen-Mittel oder einen passenden Hut für unsere Köpfe erhalten, obwohl wir für das Bett über Millionen verschiedener Anti-Geschlechtskrankheiten-Kondome in unzählbaren Geschmacks-Sorten und Düften verfügen. Nachdem schon in der Antike

alle Bemühungen der Ärzte mit Medikamenten und Akupunktur erfolglos waren, hat ein wundersames Genie eine seltsame Wissenschaft entdeckt. Diese Wissenschaft kann nicht nur die genannte gefährliche Krankheit, sondern auch alle andere menschlichen Probleme lösen. Diese Hochwissenschaft heißt: Philosophie.

Diese Wissenschaft wurde zum ersten Mal durch einen König in antiker Zeit erfunden, als er mit zwei seiner Lustknaben im Milchbassin gebadet hatte. Der König, der wegen eines neuen gesellschaftlichen und politischen Problems depressiv war, versuchte sich mit den Schönen vom schrecklichen Alltag zu befreien.

Aber sein Kummer war so stark, dass er sich nicht mehr auf die Schönheit seiner Geliebten konzentrieren konnte. Er hatte im Laufe seiner langen Herrschaft viele Aufstände niedergeschlagen, aber diesmal war es etwas ganz anderes. Dieser neue Aufstand war gegen jede Logik der Sklaverei. Der Führer dieses Aufstandes konnte wie ein Mensch denken. Er hatte nicht nur alle Gesänge von Homer und viele Tragödien und Komödien Griechenlands auswendig gelernt, sondern er konnte auch einige außerordentliche Taten, zu denen kein anderer Herr fähig war, ausführen. Er schrieb zum Beispiel mit beiden Händen gleichzeitig verschiedene Sätze. Ganz schnell und korrekt.

Als der König im Milchbassin nachdenklich mit beiden Händen die Hüften seiner Lustknaben drücken wollte, fand er seine Hände leer. Er schaute

nach den beiden. Sie waren verschwunden. Er suchte mit seinen Händen im Milchbassin nach ihnen, aber er konnte sie nicht finden. Er tastete mit seinem rechten Bein und fand den Körper des einen. Er versuchte mit seinen Händen zu erraten, ob es der schwarze Sklave wäre oder der weiße. Er fuhr über dessen Gesicht, dessen Brust und dessen runden Po. Mit seiner besonderen königlichen Intuition meinte er, dass es sein schwarzer schlanker Lustknabe sein müsse. In diesem Moment tauchte der Schwarze aus der Milch auf. Der König dachte, er könnte auch jetzt noch behaupten, dass der andere Knabe, dessen Hintern er mit seinen Händen drückte, sein schöner schwarzer Knabe wäre, solange er unter der Milch blieb. Der weiße Knabe stieg aus dem Bassin, als ob er ihm beweisen wollte, dass seine Vermutung falsch wäre. Der König jubelte vor lauter Freude: „Ich hab es gefunden, ich hab es gefunden …"
Sein Vertrauter kam sofort zu ihm und fragte erstaunt: „Was haben Sie gefunden?"
Der König schlug mit seinen Händen in die Milch des Bassins und sagte: „Ich habe die wichtigste Wissenschaft der Geschichte, nämlich das Heilmittel für alle Krankheiten der Mächtigen gefunden."
„Was für eine Wissenschaft?"
„Ich nenne sie Fachphilosophie. Sie ist eine Oberwissenschaft und hat nur ein Gesetz: Man kann über eine undurchsichtige Sache alles sagen, was man will."
Der König stieg die Leiter hinauf und verließ das Milchbassin. Er strich seine Brusthaare nach unten

und weiße Milch floss von seinen Schamhaaren bis unter die Hoden und dann auf die grünen Fliesen. Er lief zum anderen Bassin und prüfte das Wasser mit seinem Fuß. Er fand es warm und angenehm. Er stieg hinein, das Wasser reichte ihm bis zur Brust. Er rief seinen Vertrauten:

„Schick sofort jemanden zu Platon. Er soll zu mir gebracht werden."

„Zu Befehl! Soll ich jemanden zu Ihnen schicken, der Ihnen den Rücken massiert?"

„Nein, ich fühle mich wohl."

Der schwarze Lustknabe stieg die Leiter hinauf. Die weiße Milch floss von seinen Haaren über den schwarzen glatten Rücken zum Hintern und dann von seiner Hüfte in den Spalt wie ein kleines Rinnsal durch seine kleinen Hoden nach unten. Der König schaute ihn an und war aufs Neue von seiner Schönheit, vom Duft der frischen Milch und seiner wertvollen Entdeckung begeistert. Das schwarze Kerlchen näherte sich wieder dem König.

In diesem Moment sah der König einen Rosenkäfer an der Wand des Wasserbassins. Bevor sein schwarzer Lustknabe ihn entdecken konnte, fing er den Rosenkäfer, hielt ihn in seiner rechten Hand und streckte sie zu ihm hin: „Was habe ich in meiner Hand?"

Der Knabe lächelte den König an und fragte: „Einen satanischen Plan?"

„Nein, ein Lebewesen. Wenn du weißt, welches ich in meiner Hand habe, werde ich dich freilassen."

Der Knabe schaute dem König zögernd und doch direkt in die Augen:
„Du wirst mich wirklich frei lassen, wenn ich dein Rätsel löse?"
„Ja, das werde ich tun."
„Ab wann?"
„Sofort."
Der Jüngling stieg auch ins Wasser. Der König streckte ihm seine rechte Hand hin und hielt sie an seine Lippen über dem Wasser. Der Junge dachte an das Lebewesen, das zwischen den Fingern des Königs versteckt sein könnte. Welches Insekt konnte er in dieser Frühlingszeit in diesem Raum an der Wand des Bassins gefunden haben?
Der Knabe war hellwach. Der König hatte ihm vor drei Jahren, als er ganz betrunken war und zweimal hintereinander mit ihm geschlafen hatte, gesagt, er würde ihn eines Tages freilassen, wenn er ihm beweise, dass er dazu klug genug sei.
Von da an hatte er immer von seiner Freiheit geträumt. Im Laufe dieser drei Jahre hatten sich seine Träume verändert. Bevor er in die Pubertät gekommen war, sah er sich immer in seiner Phantasie als einen Seemann, der auf einem prächtigen Schiff um die Welt fuhr. Aber jetzt wollte er in Athen bleiben. Er hätte gern am Königshof gearbeitet und eine reiche reife Frau mit großen weißen Brüsten geheiratet, die ihm eine große Mitgift einbrachte. Er schaute wieder die Hand des Königs an und dachte über die verschiedenen Lebewesen nach, die er in den vergangenen vier Jahren an diesem Badeort gesehen hatte.

Es sollte klein genug sein, um in eine geschlossene Hand zu passen, aber nicht so winzig wie ein Floh oder eine Ameise, weil der König seine Hand nicht so fest zur Faust geballt hatte. Es kann auch kein ekelhaftes Insekt sein wie eine Fliege oder Kakerlake. Auch ein Schmetterling kann es nicht sein, weil man den nicht so schnell fangen kann. Ein kleines schönes Insekt sollte es sein, wie ein Marienkäfer oder Rosenkäfer. Aber welcher Käfer könnte es sein? Ich habe beide Arten dieser Insekten hier gesehen, dachte der Knabe. Er sagte dem König zögernd:
„Ich schwanke zwischen zwei Lebewesen."
„Du musst dich für eins entscheiden."
„Und wenn meine Antwort falsch wäre?"
„Dann werde ich dich verkaufen, sobald du einen Bart bekommst, weil du selbst deine einzige Chance verspielt hast. Du kannst es aber probieren. Was habe ich in meiner Hand?"
Der Junge zögerte mit einer endgültigen Antwort und sagte: „Lass mich überlegen."
Der König legte seine geballte Faust auf die Schulter seines Lustknaben und mit seiner linken Hand drückte er dessen Kiefer und schob ihm den Daumen in den Mund. Der Jüngling saugte an dem Daumen, schloss seine Augen und dachte gleichzeitig über die ausschlaggebende Antwort des Königs nach.
Er wusste, dass er im Vergleich zu anderen Sklaven ein sehr angenehmes Leben hatte und viele Freie von seiner Situation träumten. Er trug die schönsten Kleider und aß die leckersten Gerichte. Er durfte

mit dem König nicht nur jagen gehen, sondern ihn auch bei den verschiedenen Festen und den philosophischen Sitzungen begleiten und in einem Bassin schwimmen voller Milch, von der andere Sklaven nicht genug zu trinken hatten.

Wenn er dem König eine falsche Antwort gäbe und der König ihn verkaufte, würde das sein Leben für immer verderben. Er drehte sich um und schaute solange sein geliebtes Bild an der Wand an, bis er einen weichen Finger über seiner Wange spürte. Der Finger bewegte sich langsam zu seiner Unterlippe und kreiste um seine Lippen. Er öffnete den wollüstigen Mund und der Finger schob sich hinein. Langsam drehte er seinen Kopf. Er atmete schnell. Der Kopf der Frau kam näher. Er roch ihren wohlriechenden Atem, der in seinem Ohr wie eine schöne Melodie klang. Er lutschte an ihrem Zeigefinger und ließ sie gleichzeitig seinen Kopf nach hinten drehen. Die Frau strich mit der Zunge über seine Wangen und seine Lippen. Sie zog ihren Zeigerfinger aus seinem Mund heraus und ließ ihn über seinen Hals zu seiner Brust gleiten. Er spürte ihre gewölbte Brust an seinem Rücken. Er atmete schneller und ließ sich weiter gehen.

Die Frau war das Mädchen, welches vor einem Jahr durch den König entjungfert worden war. Sie hatte, an Händen und Füßen gefesselt, auf einer Bank gelegen und wegen der unerträglichen Schmerzen der Vergewaltigung geschrien. Ihre weißen gewölbten Brüste wippten in der Erschütterung seines grausamen Tuns.

Ihr Finger glitt weiter nach unten, berührte seinen Nabel, fuhr um seinen Bauch herum und strich über seine Wirbelsäule nach unten. Der Junge fand eine männliche Hand an seinem Hintern. Er war schockiert. Der König drückte mit seiner linken Hand seinen Po. Seine zur Faust geballte Hand lag noch auf seiner Schulter. Was hatte er in seiner Hand versteckt?

Der König drückte weiter sein erhobenes Gesäß, das im klaren Wasser wie ein gestochen scharfes Bild erschien. Der König fragte sich, warum er dieses sich wiederholende Bild immer noch so schön fand, weshalb ihm dieser schwarze Kerl nach vier Jahren immer noch ergötzlich erschien. Viele meiner Lustknaben hatten große Augen, kleine Nasen, erregende Lippen und einen gewölbten und zarten Po, dachte er. Ich habe auch selten Knaben gesehen, deren Haut so gleichmäßig, von der Stirn bis zur Ferse, pechschwarz war. In der Natur kommt die Harmonie dieser Schönheit selten vor.

Er schaute seinen liebenswürdigen Lustknaben an, der wie eine kunstvolle Skulptur aus schwarzer Lava, nur eben weich, frisch und lebendig vor ihm stand. Aber das war nicht alles, was ihn an ihm begeisterte. Obwohl er noch ein Kind war, kannte er ihn nach vier Jahren immer noch nicht. Er konnte weder in seinem Kopf lesen, noch seine Reaktionen vorhersehen. Der Knabe ärgerte sich nie über seine Behandlung und wurde niemals durch sein Benehmen in Wut gebracht. Der schwarze Junge ging mit ihm um, als ob er seine Gedanken lesen könne.

„Was passiert, wenn er mein Rätsel herausbekommt? Soll ich ihn wirklich freilassen", überlegte der König. „Natürlich nicht. Er kann nicht beweisen, was in meiner Hand ist, auch wenn er es weiß, weil er meine Hand nicht öffnen darf."

Der König erinnerte sich an seine philosophische Erfindung und veränderte sie so: „In einer Faust, die niemand öffnen darf, kann alles sein, was sein Eigentümer behauptet."

Dieser Satz klang aber despotisch, nicht philosophisch. Es wäre besser, man sagte: „In einer Faust, die niemand öffnen darf, kann alles sein, was man behauptet."

Dieser Satz gefällt mir auch nicht, weil es so sein muss, dass es keine Faust in der Welt gibt, die ich nicht öffnen darf. Außerdem kann dieser Satz die Gesellschaft zur Anarchie bringen. Man sollte besser sagen: „Nur die vorzüglichen Menschen können die unsichtbare Sache verstehen und dieser kleine Knabe kann nicht das Innere meiner Hand sehen, obwohl ich ihn darüber reden ließ."

Inzwischen hatten die Füße des Rosenkäfers die Schulter seines Lustknaben berührt und der Lustknabe konnte erkennen, was sein Eigentümer in seiner Hand versteckt hatte. Er dachte nicht mehr über das Rätsel seines Herrn nach, sondern über den Vorteil der richtigen Antwort. Vor drei Jahren, als der König ihm sagte, er würde ihn eines Tages freilassen, konnte er sich vor Freude nicht fassen. Er war sofort zu seinem einzigen Freund gerannt, der der damalige Geliebte des Königs war. Er hatte ihm

alles erzählt und große Freude erwartet, aber der andere sagte ihm ganz gleichmütig, dass er davon kein Wort glaube.
Warum, wollte der Junge wissen.
„Weil kein König seinen Sklaven freilässt."
„Aber er hat mir gesagt, ich würde frei werden, wenn ich klug genug dafür geworden sei."
„Du kannst niemals beweisen, dass du ein kluger Sklave bist. Wenn er merkt, dass du ihn verlassen willst, wirst du entweder verkauft oder getötet."
„Woher weißt du das?"
„Ich bin seit fünf Jahren bei ihm und kenne ihn besser als du."
„Aber der König hatte vorher einige frei gelassen. Zum Beispiel den Vertrauten. Er war auch einmal ein Sklave, aber der König hatte ihn frei gelassen."
„Aber der hat ihn nicht verlassen."
Der schwarze Knabe verstand später diesen Satz, als der König seinen Freund umbringen ließ. Er erinnerte sich an andere Worte des Königs, die er mit seinen eignen Ohren hörte, als er an der Tür gelauscht hatte: „Nur die Tauben dürfen fliegen, die mein Dach nicht verlassen möchten." Er spürte wieder die Füße des Rosenkäfers auf seiner Schulter und des Königs Penis an seinem After. Er drehte sich lachend um und sagte dem König: „Ich weiß, was in deiner Hand ist."
„Sag!"
„Ich möchte aber hier bleiben."
„Warum? Möchtest du nicht frei sein?"
„Nein."

„Das ist aber dumm. Warum willst du nicht frei werden?"
„Weil ich hier zufrieden bin."
„Und was befindet sich in meiner Hand?"
„Ein Rosenkäfer."
„Falsch! Deine Antwort ist falsch."
Der König lief durch das Wasser zur Wand des Bassins, stieg die Leiter hinauf und zog das Seil einer Glocke. Sein Vertrauter erschien sofort in der Türschwelle des Badepalastes und sagte:
„Was brauchen Sie, mein Herr und Meister?"
„Komm her!"
Er kam zu ihm. Der König sagte ihm:
„Öffne deine Hand!"
Der Vertraute öffnete die Hand und der König steckte den Rosenkäfer in seine Hand und sagte: „Wirf diese Heuschrecke weg!"
„Zu Befehl, mein Herr."
Der König ging zu seinem weißen Lustknaben und befahl ihm: „Komm aus der Milch und wasche dich im Wasserbassin."
Dann rief er den schwarzen Lustknaben: „Hör mit dem Spiel auf und geh in die Turnhalle! Du sollst deinen faulen Körper mehr bewegen."
Der Knabe lief weiter ins Wasser. Der König rief ihm diesmal gebieterisch zu: „Hast du nicht gehört, was ich dir gesagt habe? Geh aus dem Wasser und verschwinde!"
Der Lustknabe verließ sofort das Wasserbassin und lief zur Tür des Palastes. Der König drehte seinen Kopf zu seinem blonden Lustknaben, der gerade

aus dem Milchbassin stieg. Angesichts der weißen Haut konnte der König fast keine Spur von Milch erblicken. Er hätte seinen schwarzen Knaben zurückrufen müssen, wenn er nicht wieder an den rebellischen Sklaven erinnert worden wäre, dessen seltsame Fähigkeit sein Reich durcheinander brachte. Er lief noch einmal zum großen Schreibtisch, der in der Mitte der Badehalle stand, ohne sich abzutrocknen.

Er nahm einen großen Bogen Papier aus dem Fach. Im Gegensatz zu seinen vorherigen Experimenten versuchte er, statt der zwei unterschiedlichen Sätze nur zwei einfache Worte gleichzeitig zu schreiben. Er hob mit seinen Händen je eine Feder vom Tisch, tauchte sie in die Tinte, und nahm die beiden gleichzeitig heraus. Er wollte mit seiner rechten Hand das Wort Herr und mit der linken Sklave schreiben. Er legte die Spitzen der Federn auf das Papier, schloss die Augen und versuchte sich zu konzentrieren. Nachdem er sein Vorhaben mit größter Anspannung durchgeführt hatte und seine Augen öffnete, war er sehr verblüfft. Obwohl das linke Wort undeutlich war, konnte er sehen, dass es Herr bedeutete. „Vielleicht richten sich die Hände beim Schreiben nach der Überlegenheit der Phänomene?"

Er versuchte es ein zweites Mal, diesmal mit den Wörtern: Mann und Frau.

Als er seine Augen öffnete, sah er wieder nur zwei gleiche Wörter, nämlich Mann. Er freute sich sehr über dieses Ergebnis und probierte es dann mit den Wörtern: Sonne und Mond, Berg und Hügel, König und Senat.

Die Ergebnisse waren unglaublich wertvoll. Die Substantive richteten sich nach der Kostbarkeit ihrer Substanzen! Besser gesagt, die Natur richtete sich nach der Hierarchie. Dies konnte das zweite Gesetz der Philosophie sein: „Alle Hände richten sich nach der Hand, die bedeutende Wörter schreibt." Der König wurde wieder froh: „Es ist auch logisch möglich, dass man durch Argumentation die Rechtmäßigkeit unseres gewünschten wertvollen Systems beweist. Wenn man mit Hilfe dieser beiden Gesetze eine tiefe Weisheit begründet, die für die Mehrheit der Gesellschaft glaubwürdig ist, kann man dadurch die Gefahr der Anarchie an der Wurzel packen."
Das ist aber nicht einfach, weil ich in diesem Falle nicht nur die Sklaven, sondern auch die Freien würde überzeugen müssen. Das ist schwerer als jeder Kampf, weil jede Niederlage an dieser Front gleichzeitig die Macht und die Legitimation verringert. Der König nahm einen weiteren Bogen Papier, um einen Plan für seinen zukünftigen Krieg zu skizzieren, dessen Kampfplatz ein Gericht sein sollte.
Der Oberbefehlshaber dieses Krieges sollte ein Richter sein; dessen Stab einige Geschworene und seine Soldaten die Zuschauer, die wegen ihrer persönlichen Interessen und ihres Besitzes teilnehmen. Dann kann ich von meinem Palast aus den Befehl zum Angriff erteilen.
So wird es sein: Der Richter ruft den Angeklagten, der in kostbarer seidenweißer Kleidung auftritt. Dieser legt in anmaßender Haltung die Hände auf den Tresen. Der Richter fragt ihn mit schneidender

Stimme: „Herr Antigoni! Sie sind vor Gericht gerufen worden, weil viele unserer Mitbürger – einige von ihnen sind sogar hierher gekommen – Sie verklagt haben wegen persönlicher Schäden und der Verderbnis unserer Gesellschaft, die Sie verursacht haben. Nehmen Sie ihre Schuld an?"
Der Angeklagte verneint.
„Dann wollen Sie auch bei Gericht Ihre Behauptung wiederholen."
„Ja."
„Behaupten Sie, dass die Sklaven Menschen sind?"
„Ja."
„Wieso?"
„Wieso meinen Sie, dass ein Sklave kein Mensch ist?"
„Sie sind zum Gericht gerufen worden, damit Sie unsere Frage beantworten und nicht, um Fragen zu stellen. Warum meinen Sie, dass Sklaven auch Menschen sind?"
„Weil sie den gleichen Körper, das gleiche Talent, die gleichen Gefühle wie die Freien haben und denken wie wir."
„Sehr gut, Sie haben vier Faktoren genannt, um zu beweisen, dass die Sklaven mit diesen Menschen, die hier anwesend sind, gleich sind?"
Dieser Satz erbost das Publikum. Es beginnt zuerst leise und dann immer lauter auf den Angeklagten zu schimpfen: „Dummkopf, Verräter, charakterlos …"
Der Richter schlägt mit dem Hammer auf den Tisch und sagt: „Da die unmögliche Annahme nicht unmöglich und hier das Land der Weisheit ist, lassen

Sie uns über diese lächerliche These diskutieren. Wir können jedes seiner vier Argumente zur Diskussion stellen."
Wieder schaut er den Angeklagten an:
„Sie haben den Körper als ein Argument genannt, um Sklaven mit Menschen zu vergleichen. Aber auch ein Gemälde oder eine Statue, die im Spiegel zu sehen sind, können den gleichen Körper wie ein Mensch haben. Nur ein dummer Mensch kann eine Abbildung als Original schätzen. Darüber hinaus ist auch ein Sklave ein Bild, das wie ein Mensch aussieht.
Ihr zweites Argument bezieht sich auf Fähigkeiten. Ich kann nicht glauben, dass ein freier Mensch behauptet, ein Sklave und ein Mensch hätten die gleichen Fähigkeiten. Vielleicht meinen Sie, dass manche Sklaven stärker sind als Menschen. Das ist wahr. Manche Sklaven sind nicht nur körperlich kräftiger als Menschen, sondern auch stärker als Esel. Das ist richtig, weil ein Sklave sich für körperliche Arbeit, zum Beispiel für das Tragen von Lasten eignet. Kann aber ein Sklave als ein Senator, Richter oder Arzt dienen? Ich habe bis jetzt keinen Sklaven gesehen, der als ein Mensch diente, ich habe aber Tausende von ihnen gesehen, die anstatt eines Esels die Mühlsteine drehen und diese Arbeit besser als ein Esel schaffen können."
Das Publikum lacht laut und anhaltend. Nach einiger Zeit schlägt der Richter wieder auf den Tisch und das Publikum verstummt.
„Auch haben die Sklaven andere Gefühle als wir.

Wir mögen sie, aber sie hassen uns. Wir füttern und pflegen sie und versuchen, sie so gut wie möglich zu erziehen, aber sie benehmen sich oft schlimmer als Maultiere. Deswegen findet jeder Mensch Ihre vier Argumente völlig falsch. Haben Sie etwas zu sagen?"

„Natürlich! Ich finde es nicht richtig, wenn man ein Phänomen in seine Eigenschaften zerlegt und dann diese zerlegten Eigenschaften mit anderen Phänomenen, die einige dieser Eigenschaften haben, vergleicht. Eine Abbildung, die im Spiegel zu sehen ist, kann man erst sicher als die Widerspiegelung eines Menschen benennen, wenn man den Quell dieser Abbildung kennt.

Diese Abbildung im Spiegel kann von einem Gemälde, einer Skulptur oder einem Menschen stammen, obwohl alle drei Bilder im Spiegel gleich aussehen. Die dritte Abbildung stammt von einem Phänomen, das seine Körperteile bewegen und benutzen kann. Deshalb soll man die gesamten Eigenschaften eines Phänomens miteinander vergleichen. Ein Mensch besteht aus Körper, Fähigkeiten, Gefühlen, Gedanken; wenn einer alle diese Besonderheiten hat, gehört er zu den Menschen, gleichgültig, wie wir ihn nennen."

Der Richter lächelt mit schmalen Lippen.

„Nun gut, ihretwegen vergleiche ich jetzt alle Eigenschaften zweier verschiedener Phänomene, damit Sie verstehen, dass man angesichts äußerer Eigenschaften Phänomene nicht klassifizieren kann. Wir können den Mond und die Sonne miteinander

vergleichen. Beide befinden sich am Himmel. Beide bewegen sich am Himmel. Sie erscheinen an einem Teil des Himmels und werden in umgekehrter Richtung verschwinden. Beide sind rund, gleich groß, und auch beide leuchten. Wie Sie schon gehört haben, haben die Sonne und der Mond viele gleiche außerirdische Eigenschaften. Können Sie aber sagen, dass beide gleich sind und gleichen Wert haben?"
An dieser Stelle gerät das Publikum in Begeisterung und alle klatschen Beifall. Dieser Applaus dauert lange und die Zuschauer lachen gleichzeitig den Angeklagten laut aus. Nach einigen Minuten schlägt der Richter wieder mit seinem Hammer auf den Tisch und alle werden still. Dann sagt er wieder zum Angeklagten:
„Sind Sie jetzt überzeugt oder wollen Sie noch weiter reden?"
„Ja, ich meine, dass Sie die unwichtigen, besser gesagt die Nebeneigenschaften der beiden miteinander verglichen haben. Wenn man so vergleicht, dann würde man den Esel und den Menschen gleich nennen, weil beide auf der Erde leben, beide sich bewegen und beide springen, trinken, vögeln, schlafen, sitzen, aufstehen, sehen, hören und so weiter. Man soll die Grundzüge der Phänomene miteinander vergleichen, wenn man sie wirklich vergleichen will. Sie haben viele Nebenbesonderheiten des Mondes und der Sonne genannt, aber die Haupteigenschaften ignoriert. Die Sonne leuchtet so strahlend, damit sich die dunkle Nacht zum hellen Tag verän-

dert. Besser gesagt, verursacht die Anwesenheit der Sonne den hellen Tag. Aber die Anwesenheit und Abwesenheit des Monds verändert die Nächte nicht so entscheidend. Bei den Menschen ist es auch so. Wenn man einen freien Menschen mit einem unfreien Menschen vergleichen will, muss man auf die Grundzüge achten."
„Was meinen Sie mit Grundzügen?"
Der Angeklagte will mit dem Sprechen beginnen, aber Platon erscheint und alle, das Publikum, die Geschworenen und der Richter stehen auf. Auch der Angeklagte muss aufstehen und stehen bleiben, bis Platon an seinem eigenen Platz neben dem Richter sitzt. Dann beginnt der Richter wieder zu sprechen:
„Sei gegrüßt, großer Platon. Es ist uns eine besondere Ehre, dass Sie, der größte Philosoph aller Zeiten, an unserer Versammlung teilnehmen. Bevor Sie kamen, haben wir versucht, ein ungewöhnliches Thema zur Diskussion zu stellen. Es wäre aber für uns alle besser und nützlicher, wenn wir schweigen und von Ihnen die tiefen ewigen Wahrheiten hörten. Soll ich Ihnen eine Zusammenfassung unserer Diskussion geben?"
„Ich danke Ihnen, dass Sie mich zu dieser Verhandlung eingeladen haben und bitte vielmals um Entschuldigung, dass ich mich verspätet habe! Meines Erachtens braucht man keine Kurzfassung dieses Themas, weil es in sich kurz genug ist und ich habe vorher genug davon gehört."
Platon dreht seinen Kopf zum Angeklagten und sagt ihm:

„Mein Freund, meinst du, dass die Sklaven auch Menschen sind?"

„Ja."

„Meinst du alle Sklaven oder ist dein vorzügliches Eigentum eine Ausnahme?"

„Er ist nicht mein Eigentum, sondern einer meiner guten Freunde, der mit mir in der Wohnung meiner Familie aufgewachsen ist. Obwohl er ein sehr begabter Mensch ist, meine ich, dass alle Sklaven, auch die unbegabten und dummen Sklaven, Menschen sind."

„Hast du bisher nicht über den Widerspruch deiner Behauptung nachgedacht?"

„Welchen Widerspruch?"

„Wenn Sklaven grundsätzlich alle Menschen sind, dann müssen Menschen auch alle Sklaven sein."

„Nenne mir den Grund."

„Kennst Du diese grundlegende Regel der Weisheit nicht?"

„Welche Regel meinen Sie?"

„Du hättest dich ein wenig mehr über die tiefen ewigen Regeln der Weisheit belehren lassen sollen, bevor du hierhergekommen bist."

„Es gibt keine grundlegenden und ewigen Regeln der Weisheit. Wer hat diese Regeln erschaffen?"

„Niemand hat, wenn du den Menschen meinst, diese Regeln erschaffen. Aber doch können einige Menschen durch tiefe und richtige Gedanken diese ewigen Regeln finden."

„Es gibt keine ewigen Regeln in der Welt, weil Phänomene sich immer verändern."

„Warum meinst du, dass die Phänomene sich immer verändern? Wer hat das gesagt?"
„Alle Sachen und Lebewesen verändern sich immer. Eine Mauer wird durch den Regen und die Kälte zerstört und ein Mensch verändert sich von der Geburt bis zum Tod. Ich glaube, dass Heraklit recht hatte, als er sagte, man könne seine Hand nicht zweimal in denselben Fluss stecken."
„Ich habe erwartet, dass du einen weisen Satz des Märtyrers Sokrates bringst und nicht von einem Analphabeten wie Heraklit. Wenn man an äußerliche Eigenschaften denkt, verfällt man natürlich in solch einen gefährlichen Irrtum. Der Körper eines Menschen verändert sich äußerlich. Er kann dicker oder dünner werden. Er bekommt graue Haare, aber ein Mensch wird nie zum Esel werden. Ein Mensch bleibt immer Mensch, obwohl manche Menschen ganz dumme Meinungen haben. Und solche irrige Meinungen stammen von demselben falschen Weg, den der große Philosoph Parmenides genannt hat: Jemand, der durch den hellen Weg der Gefühle geht, verläuft sich und findet keine Wahrheit, weil die Gefühle vergänglich und unglaubwürdig sind. Nur die Menschen können die ewige und wertvolle Wahrheit herausfinden, die durch den anderen Weg des Parmenides, nämlich den dunklen Weg der Gedanken gehen und sich von den sterblichen Gefühlen nicht betrügen lassen.
Da ich weiß, dass dies für einfache Menschen schwer zu verstehen ist, erkläre ich dir die genannte Regel: Wenn man sagt, der frische Schnee ist absolut weiß,

muss man auch sagen, dass jede absolut weiße Sache Schnee ist. Deshalb muss man auch sagen, dass alle Menschen Sklaven sind, wenn man sagt, alle Sklaven seien absolut auch Menschen."
Das Publikum klatscht vor Freude wieder Beifall. Der Beifall dauert diesmal noch länger, aber niemand schimpft über den Angeklagten.
Nachdem es im Gerichtssaal wieder still ist, kommt der Angeklagte wieder zu Wort:
„Ich glaube, dass es ganz anders sein könnte. Von Ihrem Satz kann man zu einem anderen Ergebnis kommen. Aus dem Satz, der Schnee ist absolut weiß, kann man auch folgern, dass eine weiße Sache Schnee sein kann, weil es auch viele andere Möglichkeiten gibt. Zum Beispiel kann eine absolut weiße Sache auch eine Zwiebel oder Jogurt sein und deshalb kann man logisch nach meinem Satz sagen: Dass alle Sklaven Menschen sind, heißt, dass die Menschen Sklaven sein können, aber nicht müssen."
„Du hast recht", antwortete Platon.
Nach diesem Satz wurde das Publikum ganz stumm. Es erwartete nicht, dass der große Platon so einfach besiegt werden würde. Nach einigen Sekunden drehte Platon seinen Kopf zu den Geschworenen und sagte:
„Ja, sein Satz ist auch möglich. Ein Mensch kann auch Sklave sein. Ihr seid sicher, dass er kein Sklave ist. Habt ihr nach seinem Stammbaum geforscht? Nur derjenige, der Sklavenblut in seinen Adern hat, kann eine so dumme Meinung über den Menschen haben."

Das Publikum steht diesmal auf vor Freude, klatscht Beifall und schreit vor Begeisterung. Der Jubel wird so laut und dauernd, dass nur Platon selbst durch seine beiden erhobenen Hände ihn dämpfen kann. Dann fährt er fort:
„Es gehört zur Aufgabe der Philosophie, die widersprüchlichen Thesen zu erkennen und die in die Lüge verwickelte Wahrheit herauszufinden. Ihr, die Angehörigen des Gerichts, solltet diesen Fall recherchieren, ob der Angeklagte ein Mensch oder ein Sklave ist.
Aber auch wenn dieses Thema völlig klar geworden ist, hört nicht auf, darüber nachzudenken. Dann haben wir eine gute Möglichkeit, mehr über den Weg der ewigen Wahrheiten, also die Philosophie, zu sprechen. Deswegen stellen wir dem Angeklagten weitere Fragen."
Platon dreht seinen ganzen Oberkörper zum Verurteilten und fragt ihn:
„Welche besondere Eigenschaft hat dein Freund?"
Der Verurteilte, der ganz rot geworden ist, antwortet leise: „Er weiß alle Gesänge von Homer auswendig."
„Versteht er den Inhalt der Gesänge oder kann er sie nur nachsprechen?"
„Sie können ihn selbst fragen."
„Wenn die Wand deines Nachbarn zerstört ist und dir schadet, fragst du die Wand oder den Nachbarn nach dem Grund?" fügt Platon an.
„Wenn die Wand sprechen könnte, würde ich gern die Wand fragen."
„Wenn meine Tante einen Penis hätte, hätte ich einen Onkel. Wir reden hier nicht von Phantasie,

sondern von Realität. Du fragst die Wand oder den Nachbarn", setzt Platon nach.

„Ich frage den Nachbarn."

„Genau, du hast uns eine logische Antwort gegeben. Man fragt nicht das Eigentum an Stelle des Eigentümers. Wenn du ein freier Mensch gewesen wärest, könntest du dein Eigentum ins Gericht mitnehmen. Ich hab auch meinen Rosenkranz mitgebracht. Also, versteht dein Sklave, was Homer geschrieben hat, oder kann er ihn nur nachsprechen?"

„Er versteht alles, was Homer geschrieben hat."

„Nein, nicht nur er, sondern auch du hast die Gesänge von Homer nicht verstanden. Wenn ihr den Inhalt dieser Verse verstanden hättet, würdest du nie sagen, dass er die Bedeutung seiner tiefen Schriften verstehen kann, weil Homer sagte: Zeus nimmt die Hälfte des Gehirns dem Menschen weg, der zum Sklaven geworden ist.

Nach der Meinung des großen Homer verliert ein freier Mensch die Hälfte seiner Gedanken, wenn man ihn zum Sklaven nimmt. Wie kann dein Sklave mit seinen halben Gedanken die komplizierten Gedichte von Homer verstehen, auch wenn er nicht ein ewiger Sklave wäre ... Ich habe gehört, dass er mit beiden Händen gleichzeitig schreiben kann. Ist das wirklich wahr?"

„Ja, er kann es."

„Worüber schreibt er? Kann er über Weisheit, zum Beispiel über die Idee oder die Geschichte der Grotte schreiben?"

„Er kann mit einer Hand eine Tragödie und mit der anderen gleichzeitig eine Komödie schreiben", bestätigt der Angeklagte.

„Vorher hast du gesagt, dass er sie nachmachen kann und im Laufe unserer Diskussion wurde bewiesen, dass er die Bedeutung solcher Schriften nicht verstehen kann. Ich glaube, die vorige Anforderung war viel zu riesig für einen Sklaven.

Also, wir verlangen etwas ganz Leichtes von ihm. Wir wollen von ihm keine Schrift. Für uns ist es genug, wenn er über die Idee oder die Geschichte der Grotte einfach redet. Kann er über solche Dinge reden?"

„Wie kann man über eine Sache sprechen, die man vorher nicht gehört hat."

„Ja, genau. Ein Mensch kann reden und neue Geschichten erschaffen, aber ein Sklave kann nur wie ein Papagei imitieren. Jemand, der sich für Weisheit interessiert, hat keine Zeit, um einen Sklaven anzuschauen, der mit seinen beiden Hände Unsinn schreibt. Ich glaube, alle können sowohl mit ihren Händen, als auch mit ihren beiden Füßen Unsinn schreiben."

Das Publikum bricht wieder in lautes Gelächter aus. Der Verurteilte steht wie angenagelt. Er hätte sofort das Gericht verlassen, wenn er nicht bleiben müsste. Er hätte nicht gedacht, dass seine Argumente so einfach widerlegt werden könnten. Er senkt seinen Kopf und hört wie im Nebel die Geschichte der Grotte, die Platon dem Publikum erzählt.

In seiner Geschichte geht es um einige in Ketten gelegte Menschen, die in einer Höhle an der Wand leben. Diese Menschen sehen nur die Schatten, die ein hinter ihnen liegendes, niemals ausgehendes Feuer von den Dingen bildet. Sie nehmen alle diese trügerischen Abbildungen als wahr an. Bis eines Tages einer von ihnen seine Kette zerreißen kann. Er geht aus der Höhle und sieht die wahre Welt. Er kommt zur Höhle zurück und erzählt seinen Freunden von den prächtigen Wahrheiten, die er gesehen hat; aber seine Freunde glauben ihm nicht, weil sie seit eh und je nur die gefälschten Wirklichkeiten der Grotte in ihrer Ignoranz gesehen haben. Nachdem sie ihren scharfsinnigen Freund nicht von ihren falschen Gedanken überzeugen können, bringen sie ihn um.
Antigoni, der Angeklagte, denkt nach, ob Platon derselbe ist, der die Höhle der Unwissenheit verlassen hat? Wäre es möglich, dass Platon dieser Philosoph gewesen wäre, der die unsichtbaren Wahrheiten gesehen hätte? Wäre es möglich, dass er nur die gefälschten Ähnlichkeiten zwischen den Menschen und den Sklaven gesehen hätte?
Inzwischen stellt jemand Platon genau diese Frage, die auch er ihn fragen möchte: „Wie kann man die ewigen Wahrheiten finden?"
Platon schaut lange zur Tür des Gerichtes, dann berührt er seinen weißen langen Bart und sagt: „Es gibt nur eine Möglichkeit. Man muss die lügnerischen Wirklichkeiten und Abbildungen vermeiden und nur an die Idee denken.

Ein Beispiel kann es gut verdeutlichen: Ein Töpfer stellt den Tonkrug her, deshalb nennen viele Menschen einen Töpfer den Erschaffer des Tonkruges. Aber er ist kein Erschaffer, sondern nur ein Nachahmer, der nach der Idee des Krugs einen Tonkrug herstellt. Obwohl ein Töpfer ein Nachahmer ist, ist seine Tat aber wirklicher als die eines Malers, der das Bild des Krugs bildet, weil dieser zweimal nachmacht. Er macht sowohl das Werk des Töpfers, als auch die ewige und wahre Idee des Krugs nach. Wenn man die Wahrheit des Krugs verstehen möchte, muss man die trügerische Abbildung vermeiden und nur an die Idee des Krugs, nämlich die Notwendigkeit und die Vorteile des Krugs denken."

Der Angeklagte denkt über die Notwendigkeit der Sklaverei nach. Kann überhaupt eine Zivilisation ohne Sklaven möglich sein? Vielleicht brauchen die richtigen Gesellschaften neben den vier Hauptgesellschaftsklassen auch Sklaven. Aber, wenn alles Hergestellte nur die Nachahmung der Idee wäre, müsste die Erschaffung vollkommener Unsinn sein, weil alle Sachen vor ihrer Erschaffung als Idee existieren müssten; dann wäre bisher kein Erfinder in der Welt gewesen, weil alle Hersteller und auch Götter und Göttinnen nur die Entdecker der Idee hätten sein müssen.

Wer hat aber die Idee erschaffen? Wenn das kein Gericht und er kein Angeklagter wäre, hätte er Platon die Frage gestellt. Er musste aber ohne Ergebnis über diese komplizierte Sache nachdenken, bis Aristoteles erschien, um gegen seinen Meister eine Rede zu halten:

„Ich meine, dass die Idee keine passende Antwort auf die philosophische Frage gibt, was eine bestimmte Sache grundsätzlich ist. Wenn alle Sachen nach ihrer eigenen Idee gemacht worden wären, müsste die Welt alt und gemacht gewesen sein. Wir sollen die Welt so sehen, wie sie wirklich ist.

Ich meine, dass wir nicht in einer dunklen Höhle, sondern in einer realen Welt leben und wir mit unseren Sinnen und Gedanken die Dinge erkennen können. Ich glaube, dass man die Wahrheit in der wirklichen Substanz der Sachen finden kann und nicht in den alten unwirklichen Ideen.

Ja, man kann durch seine Sinne die Wahrheit finden; man muss nur die gefälschten Eigenschaften vermeiden. Stellt euch vor, dass ein Bildhauer nach seiner Inspiration eine Skulptur aus verschiedenen Materialien, wie Gold, Kupfer und Stein und so weiter herstellt und sie dann mit der gleichen Farbe so meisterhaft färbt, dass alle gleich aussehen.

Im ersten Schritt muss man die trügerische Farbe abwischen. Dann erscheint jedes Teil in seinem eigenen Grundstoff. Aber wir können auch an dieser Stelle die Substanz der einzelnen Bestandteile nicht erkennen, weil jede Substanz mit der Figur gemischt und damit verfälscht ist. In diesem Beispiel scheinen sich die verschiedenen Substanzen aufgrund der gleichen Figur zu ähneln, obwohl jede ihre besondere Substanz und ihren Wert hat. Deswegen muss man die verführerischen Figuren vernichten oder ignorieren, um sich der Substanz weiter zu nähern. Im letzten Schritt muss man alle

äußeren Besonderheiten wie Form, Größe, Gewicht und anderes weglassen, damit man die Substanz, die Wahrheit der Dinge, jedes einzelnen von ihnen, identifizieren kann."
Der Richter fragt Aristoteles: „Und, wie ist die Substanz der Sklaven?"
„Sie sind die sprechenden Tiere", lautet die Antwort.
„Ausgezeichnet! Unser Meister hat seinen Schüler gut ausgebildet."
Dann sagt er zum Publikum: „Jetzt wollen wir uns beraten."
Bei diesen Worten sitzt dem Verurteilten die Angst im Nacken. Er weiß, dass Platon einen ungewöhnlichen Weg gezeigt hat, womit das Gericht ihn zur Sklaverei verurteilen kann, ohne dass die Gesetze von Solon gebrochen werden müssen. Wenn die Untersuchung des Gerichts hervorbringt, dass einer seiner Urahnen ein Sklave gewesen war, würden er und seine Kinder für immer zu Sklaven werden.
Sie könnten mir eine Falle gestellt haben, überlegt der Angeklagte. Können sie aber so einfach die Aristokratie meiner Urahnen abstreiten? Was soll ich zur letzten Rede sagen? Wenn ich standhaft bleibe und keine Schwäche zeige, werden sie sich daran erinnern, welche adelige Familie ich habe. Er versuchte sich auf eine mächtige Rede vorzubereiten, aber der Richter fällte sofort sein Urteil.
Der Rechtsspruch war leichter, als er dachte: Er musste die Kosten für den Prozess übernehmen und sein sprechendes Tier sechs Jahre lang als einen, den Mühlstein drehenden Esel dienen lassen.

Diesen Rechtsspruch empfand die Mehrheit der Einwohner Athens als ein gerechtes Urteil, obwohl es jetzt merkwürdig klingt. Heute können wir uns einen Menschen nicht vorstellen, der die gleiche Arbeit macht wie ein Esel, obwohl er sie in Wirklichkeit auch tut.

Bestimmt hat ein Esel an einer Mühle einen sinnreicheren Job, als es mein gegenwärtiger ist. Er mahlt Getreide zu Mehl, das die Menschen essen; ich aber sitze auf einer hohen gefährlichen Leiter und löse mit viel Mühe die Papiere von den Wänden und Fenstern, die ich vor einigen Tagen angeklebt habe. Welche Bedeutung kann meine Arbeit haben außer der Schwindelei? Die billigen weißen Papiere dienten eine Woche lang als Leinwände, auf denen der Prunk der ultramodernen Technologie der Welt gezeigt worden war. Keiner von den Millionen Zuschauern in der Welt konnte durchschauen, dass die Hochglanz-Atmosphäre, die sie als seltene Granite und kostbare Vorhänge auf ihrem Fernsehschirm gesehen hatten, nur die bunten Lichter auf den billigen Papieren waren, die ein Asylbewerber, ein Schwarzarbeiter, für sieben Euro pro Stunde geklebt hatte.
Und jetzt soll ich dieselben Papiere von den Fenstern des Mercedes-Museums wieder so gut abmachen und reinigen, dass man sich nicht mehr an die Ausstellung erinnern kann. In einigen Stunden werden alle Ausstellungstücke, die Stühle, Tische, bunte Projektoren, die Eisenmasten, die als Säulen für die Papierwände dienen, in ihren eigenen Standard-

Kasten gepackt und zum Lager gebracht werden. Dann wird wieder der Produktionsprozess beginnen und die weißen und schwarzen Arbeiter werden wieder arbeiten, damit in zukünftigen Ausstellungen die Schwarzarbeiter wieder dieselbe Routine-Ausstellungswaren vom Lager abholen und noch interessantere, noch zauberhaftere Ausstellungen der modernen Technologie aufbauen können.

Warum benutzt eine so große, reiche und weltbekannte Präsentation Schwarzarbeiter? Man braucht dreißig Personen, um diese Ausstellung in sechzig Stunden auf- und abzubauen. 1800 Stunden. Diese 1800 Stunden kosten das Unternehmen 45 000 Euro, wenn es für jeden weißen Arbeiter 25 Euro pro Stunde bezahlen müsste.

Seit dem ersten Tag frage ich mich, ob 30 000 Euro Ersparnis das Risiko wert sind, dreißig Menschen ohne Versicherung und rechtswidrig in die Höhe steigen zu lassen. Wer gewinnt die Ersparnis? Es muss entweder das Leben der Asylbewerber so wertlos oder die gesamten Sparmaßnahmen so groß sein, dass die Risiken sich rentieren.

Bestimmt arbeiten jetzt in der Welt Milliarden von Menschen als Schwarzarbeiter, Probearbeiter, Aushilfe, Jungarbeiter und andere Sklaven, die in keinem Gericht den Fachphilosophen beweisen können, dass es einfach Dieberei ist, wenn jemand, der wie andere Menschen nur zwei Hände hat, millionenmal oder auch nur zehnmal mehr verdient als andere Menschen.

Ich steige die Leiter hinunter, um nach unserem Chef zu suchen. Er ist fleißig und läuft immer so schnell in der ganzen Halle herum, damit ja niemand genug Zeit hätte, sich einige Minuten auf den Boden zu setzen. Ich finde ihn weder beim Verpacken noch bei den Fegern, welche die aufgeräumte Stelle sofort fegen und waschen sollen, sondern bei der Mülldeponie. Er ist penibel damit beschäftigt, dass keine Sachen, die für zukünftige Ausstellungen noch nutzbar wären, weggeworfen werden.
Die einzigen Dinge, die man ohne Fragen und Stress wegwerfen kann, sind die knittrigen Papiere, die nicht mehr als prächtige Leinwände dienen können. Bevor er mich fragt, warum ich komme, anstatt an meiner Stelle zu sein, sagte ich zu ihm: „Ich muss aufhören."
„Warum?"
„Weil ich viel zu tun habe."
„Aber unsere Arbeit ist noch nicht fertig. Würden Sie noch einige Stunden arbeiten? Wir müssen heute das ganze Museum aufräumen, weil wir morgen überall waschen sollen."
„Ich kann weder heute noch morgen eine Minute weiter arbeiten."
„Darf ich fragen, ob es ein Problem gibt?"
„Nein, ich hab nur viel zu tun."
„Dann können Sie sich umziehen. Der Mann, der Sie mitgebracht hat, wird Ihnen Ihren Lohn auszahlen."
Unterwegs sehe ich meinen Mitbewohner im Asylheim. Er sucht nach den nutzbaren Sachen, die andere Schwarzmitarbeiter nicht aufgeräumt haben. Als

er mich sieht, sagt er sofort zu mir: „Lauf nicht rum, wenn du müde bist, versteckt dich in der Toilette."
„Ich arbeite nicht mehr."
„Warum?"
„Ich habe mit dem Chef gesprochen und muss gerade gehen. Einer meiner Freunde hat mich zum Abendessen eingeladen."
„Aber jetzt ist es zu früh zum Abendessen. In Deutschland findet man es nicht gut, wenn jemand ihn früh besucht."
„Ich weiß, aber ich muss mich waschen und eine Schnittblume kaufen."
„Aber du kommst morgen, oder?"
„Nein, morgen hab ich auch zu tun."
„Dann komme heute Abend zu mir, um dein Geld zu holen."

Das Kaufen und Duschen brauchte weniger Zeit, als Kirstens Haus zu finden, obwohl ich ganz in der Nähe ihrer Wohnung, besser gesagt vor dem Haus Nummer 75, ausstieg. In Deutschland sind die Häuser durch eine Nummer zu finden und nicht durch den Bewohner des Hauses. Deshalb war es für mich eine Katastrophe, als ich die Hausnummer vergaß. Ich wusste nicht, dass Hausnummern nicht nur eine der Postmöglichkeiten, sondern die einzige Möglichkeit sind, das Haus zu finden. Erst als Kirsten selbst die Tür öffnete, konnte ich sicher sein, dass das schöne gelbe große Haus, das der türkisäugigen attraktiven Frau gehört, Kirstens Haus ist. Sobald ich an der Klingel der Gartentür läutete, wurde die

Tür geöffnet. Eine weibliche Stimme hieß mich willkommen und lud mich zur Tür des Hauses.
Der Garten war unberührt wie ein wilder Wald. Man konnte nur durch einen grasbedeckten Weg, der noch nicht durch die verschiedenen Himbeer-Sträucher zugewachsen war, zum Haus laufen. Ich fühlte mich gut und hätte die Schnittblume gern auf die Gräser legen und einige Himbeeren pflücken mögen, wenn ich nicht die Stimme der Hauseigentümerin gehört hätte:
„Herzlich willkommen in unserem liederlichen Haus. Wir sind beide zu faul, um uns um unseren Wald zu kümmern."
„Ihr Haus ist nach meinem Geschmack; besonders die wilden bunten Blumen, die euer Haus verdeckt haben. Jetzt weiß ich, warum ich Ihr Haus nicht finden konnte. Man kann keine gelbe Wand sehen."
„Ja, aber im Winter ist sie gelb."
„Dann hätte ich bis Winter warten sollen, um euer Haus zu finden."
Sie lachte sehr laut und schön und bewegte ihre großen Ohrringe dabei. Sie streckte ihre Hände zu mir aus und sagte: „Du lieber Gott, diese Blumen sind wunderschön."
„Sie finden sie so schön, weil sie dieselben Farben haben wie Ihre Augen."
„Tatsächlich, wie heißen diese Blumen?"
„Ich weiß es auch nicht. Können wir sie vielleicht Kirstens Augen nennen?"
„Oder Sharams Geschenk. Ich danke dir, Sharam."
Sie stellte die Vase neben die Haustür. Dann gab sie

mir ihre Hände und küsste mich auf die Wangen. Mit einer Hand zeigte auf die Tür:
„Tritt bitte ein."
Obwohl ich vorher wusste, dass man in Deutschland seine Schuhe nicht ausziehen muss, bückte ich mich unbewusst, um meine Schuhe auszuziehen. Glücklicherweise sah sie mich nicht, weil sie vor mir zur Tür lief, um eine andere Tür zu öffnen.
Das Innere des Hauses war schlicht, ohne jede Zeichen von Luxus. Das Wohnzimmer war halb so groß wie ein normaler Saal im Iran und alle Haushaltsgegenstände waren benutzbar, die gebrauchten beigen Möbel, der hölzerne braune Esstisch und die dazu gehörigen Stühle. Auf dem Tisch standen nur ein Laptop und das übliche Geschirr. Die Bücherregale konnte ich erst sehen, als ich mich umdrehte, um sie zu fragen, ob ich die Gemälde und andere Familienbilder anschauen darf.
Ich dürfte alles anschauen, was zu sehen sei, antwortete sie mir. Auch die drei einfach gerahmten Gemälde, die an den Wänden des Wohnzimmers hingen, schienen keine Luxusartikel zu sein. Ich fragte, ob die Gemälde Originale seien und sie antwortete mir, dass das Gemälde von August Macke ein Original sei, aber die Gemälde von Salvador Dali wohl eine Originalkopie. Sie hatte sie selbst vor 15 Jahren als Original in Italien gekauft, las aber später in der Zeitung, jemand habe viele seiner Gemälde kopiert. Dann fragte sie mich, ob ich Cappuccino, Kaffee oder Tee möchte.
„Ich richte mich nach deiner Empfehlung."

„Ok, dann gib mir deinen Rucksack, damit du gemütlicher im Hof am Esstisch sitzen kannst, bis ich den Cappuccino bereitet habe."
„Entschuldige, aber ich möchte ihn bei mir haben, weil darin ein besonderes Geschenk für Soraw ist."
„Was für ein besonderes Geschenk? Eine Vase mit der schwarzen Blume?"
„Nein, ein Krug mit den farblosen formlosen Fischen."
„Dann behalte ihn bei dir, ich mag keine Fische."
Ich ging durch die offene Tür auf eine schöne Terrasse. Ein Sonnendach schützte sie; wie alle Baldachine dieses wasserreichen Landes diente es aber als Regenschutz. Die Terrasse ließ über einen großen Garten blicken. Darin standen und lagen auch einige praktische durchsichtige Plastik-Tische, Stühle und Liegenstühle. Auf der gegenüberliegenden Seite des Grundstücks war der Eingang des inneren Gartens, dank eines automatischen Rasenmähers sehr ordentlich. Dieser Roboter fuhr und mähte den Rasen, ohne den Bäumen oder den Tischen und Bänken zu schaden, bis zu ihrem Swimmingpool.
Ich ging die Treppe hinunter und lief zu einem großen Tisch, der in der Mitte des Gartens stand. Ich setzte mich an den Tisch und schaute dem roten Roboter zu, der wie ein Lamm die Gräser fraß, bis Kirsten wieder zurückkam. Sie brachte ein Tablett, auf dem zwei Tassen standen. Als sie an den Tisch kam, sagte sie: „Soraw hat mich gerade angerufen und hat um Entschuldigung gebeten. Er sagte, er wolle in einer halben Stunde da sein."

„Kein Problem, ich genieße euren schönen Garten." Sie stellte die Sachen auf den Tisch, setzte sich mir gegenüber und fuhr fort: „Soraw hat mir viel über dich erzählt. Ich bin sehr froh, dass du gekommen bist."

Ich fragte sie lachend: „Er hat gut oder schlecht über mich geredet?"

„Ich kann nicht glauben, dass die Kurden über die Kurden einem Fremden gegenüber Schlechtes erzählen."

„Vielleicht bist du auch eine Kurdin, weil er dich sehr gut findet."

„Dann soll ich sagen, die Kurden reden nie Fremden gegenüber Schlechtes über die Kurden und ihre Familien."

„Mag sein, die Kurden streiten immer miteinander und verleumden sich, aber Fremden gegenüber schützen und loben sie sich fanatisch. Ist es bei den Deutschen umgekehrt?"

„Du sollst entscheiden. Wie findest es du hier?"

„Wenn du an meiner Stelle wärest, hättest du dieses Land schön gefunden?"

„Ich weiß nicht, in welcher Situation du bist."

„Wenn die Polizei mich jetzt in deinem Haus findet, werde ich verhaftet werden."

„Tatsächlich? Aber warum?"

„Weil dein Haus zwei Haltstellen von meinem Asylkreis entfernt ist."

„Ich habe vorher gehört, dass die Asylbewerber die Stadt nicht verlassen dürfen. Aber hier ist auch Stuttgart."

„Ja, aber mein Gefängnis ist kleiner als Stuttgart."
„Du sollst nicht so denken. Kein Polizist kann dich wegen dieser blöden Sache verhaften. Vielleicht würden sie einen Asylbewerber deswegen mit einer Geldstrafe belegen; aber sie können nicht jemanden, der zwei Haltstellen weiter aus einem lächerlichen Kreis ausgestiegen ist, verhaften. In diesem Land herrscht keine Willkür."
„Ich weiß nicht genau, was passiert, wenn die Polizei einen Asylbewerber außerhalb seines Kreises findet; aber ich werde drei Monate ins Gefängnis kommen."
„Ich bitte um Entschuldigung, aber ich finde es übertrieben. Woher weißt du das?"
„Weil der Richter es mir gesagt hat."
„Wurdest du vorher schon außerhalb deines Kreises verhaftet?"
„Nein, aber beim Gericht erging ein Urteil gegen mich, das auf drei Monate Haft lautete, weil ich mit gefälschtem Pass nach Deutschland kam."
„Das ist aber etwas ganz anderes. Das ist ein Gesetz."
„Ja, aber ein lächerliches Gesetz."
„Warum, in allen Ländern sind Fälschungen verboten."
„Ich weiß. Die Dummheit ist überall."
„Warum Dummheit? Die Menschen können ohne Gesetze nicht in Ruhe leben. Jede Gesellschaft braucht Gesetze."
„Aber nicht diese blöden Gesetze."
„Wir dürfen nicht nach unseren Interessen die Ge-

setze in Gut und Böse einteilen. Wer kann entscheiden, welche Grenze es zwischen diesem Gut und jenem Blöd gibt?"
„Ich finde die Strafbarkeit einer Tat ganz lächerlich, wenn sie auch im Gegenteil strafbar ist."
„Was meinst du damit?"
„Man darf auch nicht mit richtigem Pass in dieses Land fliehen. Wenn ich mit meinem eigenen Pass hier angekommen wäre, würde ich in den Iran deportiert, weil man mir gesagt hätte, man hat keine politischen Probleme, wenn man mit seinem echten Pass fliehen kann. Was soll dies bedeuten? Sie können anstatt der Demagogie einfach sagen: Ein Mensch, der wegen seiner politischen Probleme sein Land verlassen muss, kann weder mit dem gefälschten noch richtigen Pass nach Deutschland fliehen."
„Reg dich nicht so auf! Trink deinen Cappuccino. Wir können die Welt nicht nach unserem Geschmack verändern."
Ich hob meine Tasse und trank einen Schluck und schaute dem roten Roboter zu, der stetig durch den Garten fuhr und die Gräser fraß. Er fuhr und fraß ständig, ohne seinen Rhythmus und sein Summen zu verändern, egal ob er Brennnesseln oder Butterblumen verschluckte. Kirsten fragte mich wieder:
„Sharam! Hast du Heimweh?"
„Nein. Warum soll ich Heimweh haben?"
„Willst du sagen, dass du dich nicht nach deiner Heimat sehnst?"
„Ich sehne mich nach den unzähligen Städten und Dörfern, die ich noch nicht gesehen habe."

„Aber ein Mensch erinnert sich an den Ort seiner Kindheit."

„Vielleicht bin ich kein Mensch."

„Wir sind dieselben, die wir sind und können unsere menschliche Identität nicht verändern. Ein Mensch richtet und sehnt sich immer nach seiner Kindheit", antwortete Kirsten.

„Wenn dieses psychologische Gesetz keine Ausnahme hat, dann hab ich entweder Alzheimer oder ich bin noch ein Kind, weil ich keine Sehnsucht nach meinem Geburtsland habe."

„Vielleicht sind zwei Jahre nicht genug für dich, um deine schlechten Erinnerungen an deine Heimat zu vergessen."

„Vielleicht."

„Bis vor einigen Monaten sagte Soraw auch, dass er seine Heimat nicht mehr sehen möchte, aber jetzt kann er zwei Monate Warten kaum ertragen. Ich glaube, es ist sehr schwer, wenn man seine Heimat nicht wieder besuchen kann."

„Ich glaube, dass es auch sehr schwer ist, wenn man einen fremden Ort nicht sehen kann."

„Aber man kann den Geburtsort nicht mit fremden Städten vergleichen. Es gibt Millionen von Städten, die mir ganz egal sind, ob ich sie sehe oder nicht; obwohl sie bei ihren Einwohnern sehr beliebt sind."

„Willst du mit mir ein Geschäft abschließen?"

„Was für ein Geschäft?"

„Wir können einen Vertrag machen. Ich gebe dir siebenhundert Euro und du unterschreibst, dass du nie HILONKA besuchen wirst und wenn du es ir-

gendwann doch besuchst, sollst du mir dieses Haus übertragen."
„Wo ist HILONKA?"
„Das ist ein Dorf in Madagaskar, das du nie gesehen hast. Bist du einverstanden?"
„Nein."
„Genau, du nimmst diesen Vorschlag nicht an, weil du wie andere Menschen keine Möglichkeit deines Lebens für immer verlieren willst, obwohl du bisher von diesem unbekannten Dorf nichts gehört hast."
„Nein, ich bin dagegen, weil siebenhundert Euro für unser Haus lächerlich sind."
„Aber mit diesem Vortrag verliere ich mein Geld sofort, während du euer Haus erst verlieren wirst, wenn du HILONKA besuchst. Wenn es für dich total egal wäre, einen unbekannten Ort zu sehen, hättest du sofort meinen Vorschlag angenommen."
„Für mich ist es ganz egal, ein unbekanntes Dorf zu besuchen, aber dieser Vorschlag kommt mir verdächtig vor. Wie kann ich beweisen, dass ich dieses Dorf nicht besucht habe, wenn du behauptest, dass ich dort gewesen wäre. Ich muss immer wegen wertloser siebenhundert Euro im Stress bleiben."
„Was würde passieren, wenn man dir zehn Millionen Euro vorgeschlagen hätte."
„Ich hätte sofort angenommen, weil mein Haus weniger als zehn Millionen kostet."
„Dein Haus oder euer Haus?"
„Was willst du damit sagen?"
„Vorher hast du es immer euer Haus genannt."
Sie heftete ihre Augen einige Sekunden auf mich

und versuchte, ihren Zorn zu verbergen. Dann senkte sie ihren Kopf, hob ihre Tasse vom Tisch, trank einen Schluck und sagte:

„Ich dachte, dass wir im allegorischen Bereich diskutiert hätten."

„Ja, man kann unbegrenzt und ohne Angst figürlich sprechen, bis man einen wirklichen Vertrag unterschreiben soll. Dann müssen wir genau auf die Worte und Wörter achten. Warum wolltest du den Vertrag nicht unterschreiben?"

„Warum soll ich wegen siebenhundert Euro einen komischen Vertrag unterschreiben?"

„Aber du unterschreibst bestimmt im Alltag die Verträge, die weniger als siebenhundert Euro kosten."

„Ja, aber ich unterschreibe nur die Verträge, deren Inhalt ganz klar ist."

„Aber mein Vorschlag war ganz klar. Wenn du ihn angenommen hättest, hättest du auf der Stelle siebenhundert Euro bekommen und nie dein Haus verloren, weil es kein Dorf auf der Welt gibt, das HILONKA heißt."

„Woher weißt du das? Es gibt Milliarden Dörfer auf der Welt."

„Ich bin ganz sicher, weil ich nach diesem Dorf eine Woche lang nicht nur im Lexikon von Madagaskar, sondern auch bei Google gesucht habe."

„Du hast nach einem fiktiven Dorf gesucht? Warum?"

„Für mich war es damals kein fiktives Dorf. Eine Frau, eine sehr hübsche Frau, hat mir gesagt, sie sei aus diesem Dorf gekommen. Später hab ich verstanden, dass sie mich sitzen gelassen hatte."

„War sie so klug, einen Schriftsteller zu betrügen?"
„Vielleicht. Oder ich bin ein dummer Schriftsteller. Wenn du meinen Vertrag unterschrieben hättest, hättest du alles Geld bekommen, das ich besitze."
„Wenn du mir all dein Geld gibst, wovon willst du bis Ende des Monat leben?"
„Ich habe auch einen Gutschein über siebzig Euro."
„Dann wolltest du mir nicht all dein Geld geben. Du hast noch siebzig Euro, das du mir nicht geben wolltest", merkte Kirsten an.
„Ich habe vom Gutschein nicht gesprochen, weil ich dachte, du könntest ihn nicht ausgeben."
„Wieso nicht?"
„Weil es möglich ist, dass du dich schämst, ihn auszugeben."
„Warum sollte ich?"
Ich hob auch meine Tasse, trank einige Schlucke und antwortete ihr lächelnd:
„Vielleicht hab ich falsch über dich gedacht. Es kann auch eine gute Erfahrung für dich sein, einen Gutschein auszugeben. Du bist dieselbe Person, aber die anderen Leute werden dich wie einen Penner, Lump und Schmarotzer ansehen, sobald du dieses verächtliche Geld in deiner Hand hast. Wenn du willst, gebe ich es dir gern."
„Ich weiß, was du meinst. Ich kenne die Reaktionen meiner Landsleute. Leider ist es so."
Sie schlürfte ihren restlichen Cappuccino, führte ihren Zeigefinger in die Tasse und drehte ihn darin so meisterhaft, dass sich die Schaumreste des

Cappuccino auf ihrem Zeigefinger sammelten. Sie steckte ihren Finger in den Mund, lutschte alles ab und sagte:
„Diese Schweinerei ist für mich der beste Teil vom Cappuccino trinken."
„Die Kurden nennen dies Trinken kurdisch trinken."
„Bedeutet das Adjektiv kurdisch Schweinerei?"
„In diesem Zusammenhang hat Kurdisch verschiedene Bedeutungen: ungeniert, natürlich… Aber das passende Wort für kurdisch in diesem Zusammenhang ist: BIO. Alle Sachen, die mit diesem Adjektiv versehen sind, sind nicht technisiert, wie kurdische Eier, kurdische Butter … Einmal bin ich mit meinem Vater einkaufen gegangen. Wir haben auf einem Bürgersteig der Stadt einen Mann gesehen, der zwei weiße Hähne dabei hatte. Mein Vater hat ihn nach dem Preis der Hähne gefragt. Der Mann antwortete meinem Vater, einer koste zehn und der andere achtzehn TOMAN. Mein Vater sagte erstaunt zu ihm, die beiden sehen aber gleich aus, warum ist einer teurer? Der Mann antwortete: „Weil einer ein kurdischer Hahn ist!"
„Kann dieser Hahn kurdisch sprechen", fragte mein Vater.
Der Hausierer nickte lachend mit dem Kopf. Mein Vater sagte ihm: „Gib mir den billigsten Hahn, wir suchen keinen Gesprächspartner, wir wollen ihn essen."
Kirsten lachte diesmal stärker und ihre Ohrringe pendelten. Dann fragte sie mich:
„Ist dein Vater auch ein Schriftsteller?"
„Nein, er war Analphabet."

Sie blickte weg, schaute nach oben, dann sah ich auf ihrem Mund ein Lächeln, das anders war als der Niederschlag ihres Lachens. Ihr Blick blieb unbewegt und ihr Mund öffnete sich immer mehr, bis ich den leisen Schritt von Soraw hörte.
Ich drehte meinen Kopf zur Seite und sah ihn kommen. Er brachte meine Blume mit. Kirsten schob ihren Stuhl nach hinten und stand auf. Ging zu ihm, nahm ihm die Vase ab und stellte sie auf den Tisch. Dann drehte sie sich wieder zu ihm und umarmte ihn. Er küsste sie auf den Mund, so gefühlvoll, als ob er sie lange nicht gesehen hätte.

Ich stand auf und schaute über ihre Köpfe hinweg zur Terrasse und hörte das Summen des Roboters, der hinter mir durch die Wiese fuhr. Soraw streichelte Kirsten über den Kopf und löste sich von ihr.
Er kam zu mir und umfasste mich noch fester, als er vorher Kirsten umarmt hatte. Er drückte meinen rechten Arm, schüttelte mich freundlich und sagte einen Satz auf Kurdisch, den man bei der Hochzeit benutzt:
„Du hast uns Ehre gemacht."
Dann zeigte er mit dem Finger auf die Vase und fuhr auf Deutsch fort: „Du hast einen guten Geschmack."
„Eine Deutsche hat sie für mich ausgewählt."
„So schnell hast du eine so geschmackvolle Frau gefunden. Du bist echt ein Fuchs."
„Ich bin nur einer solchen im Blumenladen begegnet. Aber ich hab dir ein Geschenk mitgebracht, das bestimmt nach deinem Geschmack ist."

Ich hob meinen Rucksack vom Boden auf, öffnete den Reißverschluss und zog eine große Wasserflasche, die mit Rosinenschnaps gefüllt war, heraus. Kirsten sagte lächelnd: „Die farblosen formlosen Fische sind Wasser? Vielleicht ein besonderes Wasser, heiliges Wasser, oder?"
„Nein, Lebenselixier."
Soraw nahm die Flasche aus meiner Hand, öffnete den Deckel und roch an ihrem Inhalt. Der Geruch machte einen tiefen Eindruck. Er schloss seine Augen, öffnete fröhlich seinen Mund und begann zu lachen.
„Wo hast du diesen gefunden?"
„Ich hab ihn selbst gemacht. Leben im Asylheim hat auch manche Vorteile."
Er streckte seine Hand zu Kirsten und sagte: „Rieche daran, es riecht nach Rosinen."
Kirsten nahm die Schnapsflasche, hielt sie vor ihre Nase und zog den Duft ein: „Oh, er riecht wirklich nach Rosine. Wie viel Prozent Alkohol hat dieser Schnaps?"
„Keine Ahnung, vierzig, fünfzig oder mehr … Ich weiß nicht."
„Ist der Rosinenschnaps ein traditionelles kurdisches Getränk?"
„Nein, alle Völker des Iran machen und trinken ihn, weil er billig und unreglementiert ist."
„Was? Ich kann nicht glauben, dass du dir so viele Mühe gegeben und dich in Gefahr gebracht hast, um ein billiges Geschenk zu machen, obwohl es auf jedem Markt dieses Landes viele billige und doch

geprüfte Getränke gibt. Vielleicht hat das mit eurer Nostalgie zu tun. Wenn ich lange außerhalb meiner Heimat lebe, trinke ich gern Bier. Das finde ich normal."
„Gerade umgekehrt, dieser Schnaps wies mich immer in die Zukunft. Ich mag ihn, weil er immer unvorhersehbar bleibt. Als wir im Iran diesen hausgemachten verbotenen Schnaps gekauft hatten, standen wir immer vor verschiedenen Möglichkeiten. Entweder, wir wären umgebracht worden, weil die iranische Regierung ihn durch ihre hörigen Schnapsverkäufer hätte vergiften können. Oder wir hätten eine Flasche Wasser getrunken, die nur nach Alkohol roch.
Aber es ist auch oft passiert, dass wir Rosinenschnaps von hoher Qualität kaufen konnten; dann haben wir alle einen unglaublichen Rausch erlebt, ohne dass jemand uns Vorwürfe machen konnte, weil jeder wusste, dass dieser Schnaps völlig unberechenbar ist."
Soraw lachte: „Hast du vorher von deinem unberechenbaren Schnaps getrunken?"
„Nein, noch nicht."
„Dann können wir die Gläser füllen."
Kirsten schlug langsam auf seine Schulter und sagte: „Zuerst sollten wir das Abendessen zubereiten. Ich will Lasagne kochen, magst du das?" Fragend blickte sie mich an.
„Ich esse alles, was weicher ist als Stein."
„Was?"
Soraw fing plötzlich an zu lachen. Er streichelte Kirsten die Wangen und sagte, unterbrochen vom

Lachen: „Das ist ein kurdisches Sprichwort. Eine meiner Schwestern sagte es immer, wenn jemand sie fragte, was sie essen wollte."
Er drehte seinen Kopf zu mir: „Wenn du alles isst, können wir Hackbraten bestellen, er ist bestimmt weicher als Stein. Magst du ihn?"
„Ich bin Allesfresser."
„Bist du hungrig, oder kann ich später den Pizzaservice anrufen?"
„Pizzaservice?"
„Man sagt so, egal, was er bringt."
„Ich habe keinen Hunger."
„Dann trinken wir ..."
Soraw war an diesem Tag sehr froh. Wir haben zusammen eine Vorspeise zubereitet, welche die Kurden zum Rosinenschnaps essen. Währenddessen deckte Kirsten den Tisch. Ich dachte, ihre gute Laune hätte mit meiner Anwesenheit zu tun und war ganz stolz auf mich, bis ich mit der Vorspeise durch den Garten zum Esstisch ging. Durch das Licht des Scheinwerfers, das an der Wand der Terrasse leuchtete, sah ich sofort, dass ein Schnapsglas auf dem Tisch fehlte. An seiner Stelle stand ein Bierglas. Anscheinend hatte Kirsten meine Rede über die Gefahr des Schnapses ernst genommen.
Warum soll eine gebildete Frau, eine Psychiaterin, so dumm und hasenfüßig sein? Ich betrachtete die Getränke genauer. Neben meiner Schnapsflasche lagen in einer großen Schüssel drei Bierflaschen. Ich hob eine aus dem Eis und versuchte ihre Schrift zu lesen, aber es war nicht hell genug. Ich nahm mein

Handy aus der Tasche, schaltete sein Licht an und versuchte die kleine Schrift der Bierflasche zu entziffern. Das Bier war alkoholfrei.

Mir war das Vergnügen verdorben. Ich wusste, dass Kirsten zu der Gruppe von Frauen gehörte, die alle Wochenenden betrunken sind. Warum wollte sie an diesem Abend, an dem sie mich eingeladen haben, nicht trinken? Kirsten wollte mich wohl wie ein Versuchskaninchen beobachten, deswegen brauchte sie ihre ganze Konzentration. Das ist mir aber völlig egal. Ich bin wegen Soraw hierher gekommen. Ich trinke so viel ich kann, und ihre Beobachtung soll mir egal sein.
Ich hörte ihre Schritte, drehte meinen Kopf aber nicht und sah nur die Dunkelheit auf der linken Seite des Gartens und das kaum sichtbare Wasser des Teiches. Die beiden saßen am Tisch, ohne meinen Blick behindern zu können. Sie blieben einige Sekunden stumm, dann fragte mich Soraw:
„Findest du es hier hell genug oder soll ich einige Kerzen anzünden?"
„So ist es gut, man kann besser die Nacht genießen."
Er gab jedem von uns eine weiße Porzellanschale und füllte sie mit einer hölzernen Schöpfkelle. Kirsten nahm die erste Schale, legte sie vor mir auf den Tisch und sagte:
„Leider muss ich alkoholfreies Bier trinken, weil ich keinen Alkohol trinken darf."
Sie hatte es in einem Ton gesagt, als ob ich ihr laut eine Frage mit „Warum?" würde stellen müssen. Ich

schwieg, weil ich dachte, dass sie mir ausweichend geantwortet hätte, ihr Cholesterinspiegel stark erhöht wäre oder dass sie ein Problem mit ihrer Leber hätte.
Ich nahm meinen Blick von Kirstens leuchtendem Gesicht und sah über den kaum noch sichtbaren Tisch nach den in rote Papierservietten eingepackten Löffeln, die Kirsten aus der Küche mitgebracht hatte. Der Tisch war groß und reich gedeckt, deswegen versuchte ich mit meinen Händen ganz vorsichtig und so schnell wie möglich sie zu finden, bevor Kirsten mir helfen wollte. Ich suchte mit meinen Augen und tastete mit meinen Händen zwischen den Körben und Schüsseln, die mit Brezeln, Früchten, Nüssen und Sonnenblumenkernen gefüllt waren. Aber bevor ich sie finden konnte, fragte mich Kirsten, ob sie mir helfen könne.
„Ich suche nach dem Löffel."
„Ich hab deinen vor deine Schale neben der Vase gelegt."
Er lag rechts von mir in meinem Schatten. Kirsten nahm auch ihren Löffel vom Tisch, kostete die Vorspeise und meinte: „Deine Vorspeise ist sehr lecker. Wenn dein Schnaps auch so perfekt ist, sollte ich euch um euren Rausch beneiden."
„Ein kleines Gläschen schadet dir nicht."
„Schadet mir nicht, aber es kann meinem Kind schaden."
Diese Antwort traf mich wie ein Blitz, so dass ich mein Erstaunen nicht verstecken konnte. Kirsten fuhr fort: „Ich dachte, dass du es schon weißt."

„Nein, ich hatte keine Ahnung. Ich gratuliere euch", und schaute gleichzeitig Soraw an.

„Danke, Sharam."

Er antwortete mir so gelassen, als ob er nicht derselbe Mann gewesen wäre, der vor zwei Monaten drei Stunden mit mir über die Tragödie der Geburt eines Kindes diskutiert hätte. Er behauptete damals, dass es ein Verbrechen sein würde, wenn man ein Kind zwinge, in diese grausame Welt zu kommen.

Er argumentierte so gut, dass man glauben konnte, er hätte nie in seinem Leben etwas anderes gesucht als den Nachweis dieser These. Ich hätte gern sofort sein Haus verlassen, was aber bestimmt sehr unhöflich gewesen wäre.

Mit meinem Löffel probierte ich von der Vorspeise. Sie schmeckte sehr gut. Soraw nahm die Schnapsflasche aus der Eisschüssel und stellte sie vor sich; dann streckte er seinen Oberkörper zu mir und suchte nach meinem Schnapsglas. Sein Kopf war in der Nähe meines Gesichts und ich konnte, trotz der Dunkelheit, das Weiß unter seinem Dreitagebart sehen. Er goss den Schnaps in die beiden Gläser und sagte:

„Ich wollte immer wissen, welches Gefühl meine Eltern hatten, als sie sich entschieden, mich zur Welt zu bringen."

Das Kind könnte auch nur ein Versehen oder ein Unfall sein, fiel mir bei seinen Worten plötzlich ein. Ich sagte ihm freundlich:

„Sie haben nur ein Ereignis geschehen lassen. Gib mir mein Glas!"

Er reichte es mir. Kirsten schenkte sich das passive Bier ein, erhob ihr Glas und sagte lachend:
„Besser als nichts. Zum Wohl!"
„Zum Wohl!"
„Zum Wohl!"
Wir stießen gemeinsam, mit erhobenen Gläsern, an. Ich wusste, dass sie mein Gesicht nicht deutlich sehen konnten, deshalb brachte ich mein Glas sorglos zu meinem Mund und kostete den Schnaps.
Er war sehr stark, deswegen goss ich ihn direkt in meinen Rachen, ohne ihn meine Zunge berühren zu lassen. Dann schaute ich Soraw genau in die Augen. Er ließ den Schnaps in den Mund laufen, hielt ihn einige Sekunden und kostete ihn. Es schien mir so, als ob er den giftbitteren Schnaps genoss. Sein Gesichtsausdruck war nicht so, als täusche er etwas vor, es war der Gesichtsausdruck eines Masochisten, der die Folterung genießt.
Er schluckte den Schnaps, lächelte steif und sagte:
„Danke, er ist wunderbar."
Dann schaute er irgendwo hinter mein Gesicht, ohne seinen Kopf und sogar seine Augen zu bewegen. Die Art seines Trinkens gefiel mir sehr. Für einige Sekunden schien er mir wie einer der Helden, wie ich sie mir in meinem Traum von den kurdischen Peshmarga vorstellte.
Sie waren unempfindlich gegen den Schmerz und ihre Seele unverwundbar gegen die Folter. Plötzlich fiel mir ein, dass er kein Held des Traums meiner Kindheit war, sondern dass er ein charakterschwacher Mensch, ein TAWAB, hätte sein können.

Er würde zu der einzigen Menschengruppe gehören, die ich in meinem ganzen Leben gesehen hatte, deren Hände niemand bei dem kurdischen Tanz nehmen wollte.

Ich war zwölf Jahre alt, als ich zum ersten Mal einen TAWAB aus der Nähe gesehen hatte. Er kam zur Hochzeit seiner Kusine. Meine Erinnerung an diese Hochzeit galt am meisten den vielfarbigen Kleidern der Frauen und einem großen Mann mit dichtem Schnurrbart. Ich bemerkte seine Anwesenheit erst, als er versuchte, in den Tanzkreis einzudringen; aber niemand nahm seine Hände.
Obwohl er nur mit leiser Stimme versuchte, irgendjemandem zu überzeugen, ihn in den Ring des Tanzes treten lassen und die Musik der Kapelle ganz laut war, hörten wir seine Bitte. Er sehnte sich nach zwei Händen, die seine Hände nehmen durften; aber die Tanzkette war undurchlässig. Nachdem er sich weder bei seinen Verwandten noch den Fremden in der vorderen und mittleren Seite des Tanzgliedes einbringen konnte, kam er zu uns, den Teenagern und Kindern, die versuchten, so schnell wie möglich den Tanz zu lernen. Er nahm die Hände meiner Freunde, die hinter mir tanzten. Ich sagte laut zu ihnen:
„Lasst seine Hände los!"
Die beiden ließen sofort seine Hände los, aber er benahm sich so, als ob er ihre Hände genommen hätte, und tanzte weiter. Die beiden Freunde gingen aus dem Tanzkreis. Er nahm sofort meine Hand und sagte:

„Wie geht's dir, mein Freund."
„Ich bin nicht dein Freund, lass meine Hand los."
„Ich hab dir aber nichts angetan."
„Pfoten weg!"
„Sie können sich anständiger verhalten. Ich bin wie dein Vater."
„Beiß auf deine Zunge, du schmutziges Schwein."
Ich ließ die Hand meines Mittänzers zu rechten los, drehte mich zu ihm und versuchte, auf seine Augen zu spucken. Da er sehr viel größer war als ich, fiel meine Spucke auf sein hellblaues Hemd. Er wich meiner Spucke nicht aus. Er ließ meine Hand frei, verließ den Tanzkreis und ging durch das Haustor heraus. Seitdem hörte ich nie mehr von ihm.
Er ist vielleicht in einem Krieg gestorben oder in einem fremden Land mit seiner verlorenen Identität umhergeirrt. An diesem Tag haben wir ihn vor Gericht gestellt und bestraft, ohne dass wir ein einziges Mal die Folterkammern der islamischen Regierung gesehen hatten.
Er versuchte meine Hand zu nehmen, um sich aus seinem schrecklichen Schicksal zu retten; aber ich nahm seine Hand nicht, um zu beweisen, dass ich nicht mehr ein Kind, sondern ein großer Mensch bin, der mit den Wölfen heulen kann.

Ich rechnete nicht damit, dass es im Laufe meines Lebens oft passiert, dass die Leute mich aus anderen Gründen, Klassenunterschieden, meines Akzents oder meines Stammsitzes wegen, nicht mittanzen lassen. Ich streckte meine Hand zu Soraw und bat ihn, mein Glas wieder zu füllen.

Er goss nach, mit Vergnügen, wie er sagte, und stellte es vorsichtig auf den Tisch. Dann schenkte er sich auch ein Glas voll, danach hob er die beiden hoch, damit das Licht des Scheinwerfers darin leuchtete. Die Schnapsgläser waren genau gleich gefüllt. Ich nahm mein Glas, bevor er es mir gab, weil ich ein Verlangen spürte, zu erfahren, wie viel ich ertragen konnte.

Ich roch am Schnaps. Sein Geruch war angenehm und störte mich nicht. Ich goss ihn in meinen Mund, als ob ich ein chemisches Material durch die Pipette in ein Becherglas gösse. Er war bitter und brannte auf meiner Zunge, aber ich konnte ihn ertragen. Nach einigen Sekunden begann ich den Schnaps mit der Zunge in meinem Mund zu drehen. Er brannte immer stärker, auch in meinem Gaumen, trotzdem war er nicht unerträglich; aber ich war mir sicher, ihn konnte nur ein Masochist genießen.

Ich nahm meinen Blick weg von der Dunkelheit vom Ende des Gartens hin zu Soraws leuchtendem Gesicht. Er sah mich unbewegt an. Wie konnte er mich in diesem Moment einschätzen? Was können sie aus meinem Gesicht oder der Bewegung meines Oberkörpers lesen? Obwohl der Scheinwerfer nicht auf meinen Körper leuchtete und mein Gesicht im Schatten lag, gab es nur einen Tisch zwischen uns. Ich drehte meinen Kopf nach links und sah Kirsten. Sie sah mich auch ohne Regung an. Plötzlich bemerkte ich eine unerträgliche Entzündung in meinem Mund. Ich versuchte meine Haltung zu bewahren, aber der Schnaps begann mein Zäpfchen zu reizen.

Mir war übel. Ich schluckte sofort den Schnaps. Ich konnte ihn nach unten bringen, aber nicht nur in die Speiseröhre, sondern auch in die Luftröhre. Ich begann zu husten und konnte nicht damit aufhören. Ich massierte meine Kehle und meine Brust, aber ich hustete weiter. Soraw gab mir ein Glass Wasser und sagte: „Er muss mehr als sechzig Prozent Alkohol haben."

„Bestimmt", antwortete ich, trank das Wasser und rieb weiter meinen Hals. Als es mir wieder gut ging, fragte ich Soraw: „Weißt du noch, wie die Kurden zu jemandem sagen, der sich beim Essen oder Trinken verschluckt?"

Er trank den Schnaps ganz entspannt wie vorher, stellte das Glas auf den Tisch und sagte:

„Ich weiß genau, was du meinst; meine Mutter sagte immer zu uns, was wir falsch verschluckt haben, liegt mir auf der Zunge …"

Ich nahm eine Brotscheibe aus dem Korb und begann sie zu kauen. Soraw fiel wieder ein: „Ich habe vergessen, den Grillservice anzurufen."

Er zog sein Handy aus der Tasche und wollte das Restaurant anrufen, aber es schien mir so, dass er wegen der Dunkelheit die Knöpfe des Handys nicht finden konnte. Ich sagte ihm lachend auf Kurdisch: „Seit wann hast du diesen Schrott?"

„Seitdem ich eine Sim-Karte habe. Ich habe es nur einmal geöffnet, um meine Sim-Karte zu erneuern. Das ist ganz einfach und praktisch."

Er schob seinen Stuhl zurück, stand auf, drehte sich, hob das Handy vor das Licht des Scheinwerfers und wählte die Nummer des Restaurants. Im Gegensatz zu kurdisch sprach er ganz dialektfrei persisch. Er bestellte so viel Essen, als ob wir zehn Personen wären.

Die beiden waren in zehn Minuten mit dem Essen fertig, aber fast alles, was er bestellt hatte, blieb auf dem Tisch: Vorspeise, verschiedenes Grillfleisch und Nachspeise.

Gegessen war so schnell, als ob sie nur neue Kraft für die Diskussion bekommen wollten. Ich konnte nicht glauben, dass zwei Menschen, die zusammen leben, immer jede Kleinigkeit erörtern. Obwohl ihre Diskussion nicht feindlich war, dachte ich zeitweise an ihr armes Kind, das in einer konfliktbeladenen Atmosphäre aufwachsen musste. Sie setzten Himmel und Hölle in Bewegung, um ihre Behauptungen zu belegen, trotzdem blieb die Atmosphäre immer freundlich und dies hatte mehr mit Kirstens Persönlichkeit zu tun.

Sie war sehr geschickt darin, in den metaphorischen Welträumen zu diskutieren. Ich geriet einige Male in ihre Fallen. Jedes Mal konnte ich mich aus der Irreführung retten; aber einmal stand ich wie Butter in der Sonne da. Unsere Diskussion begann mit den Kurden und führte zu der heutigen tragischen Situation des Mittleren Ostens und dann zu der Rolle, die die Weltmächte dabei spielen.

Sie ließ mich lang und breit erklären, wie die Weltmächte die Diktaturen in ihren Schutz nehmen, die fanatischen Gruppen verstärken und die freiheitsliebenden Aufständischen durch ihre massiven Medien-

berichte auf Abwege führen. Sie unterbrach mich nicht, auch als ich über die Rolle eines bekannten deutschen Unternehmens sprach, welches den volksfeindlichen Regierungen mit seinen modernen Spionagegeräten bei der Niederschlagung des Volkes half. Sie hörte nicht nur gut zu, sondern bestätigte auch ständig meine emotionale Rede mit Sätzen wie: Ja, so ist es, du hast recht, ich denke auch … Sie war so locker bei der Diskussion, dass ich dachte, sie spielte entweder die Rolle einer Ja-Sagerin oder sie wollte meine Persönlichkeit analysieren.
Ich wusste nicht, dass sie das Ende meiner Erörterung vorhergesehen hatte. Ich argumentierte so temperamentvoll, als ob Tausende von Menschen meiner Rede zugehört hätten, und sie hörte mir so aufmerksam zu, dass ich erwartete, sie hätte meinen Beitrag mit einer entschiedenen Bestätigung beenden wollen.
Sie ließ aber ihre türkisfarbigen Augen nicht von meinen und sagte: „Du bist aber ein großer Schwarzseher."
Dieser Satz schockierte mich vollkommen. Ich vermutete, dass sie meine ganze Rede als ein Märchen oder als einen Beitrag zu einer Verschwörungstheorie ansah. Kein Schimpfwort konnte mich so wie der Ausdruck Verschwörungstheoretiker ärgern. Mir schien es, dass dieser Begriff genau dieselbe Bedeutung wie das Wort „Ketzer" im Mittelalter hatte und jedes Dokument, das sich gegen die Urheber der bestehenden Gesetze wandte, diesen auf der Stelle vernichten konnte. Da ich wusste, dass sie

die Veränderung meiner Mimik nicht sehen konnte, fragte ich sie sofort: „Was meinst du mit Pessimismus?"

„Ich glaube, dass es nicht so schlimm weiter gehen kann. Diese katastrophale Situation muss beendet werden. Alle, auch die großen Mächte, die du als die Hauptursache der heutigen tragischen Situation siehst, müssen verstehen, dass sie mit ihren unsinnigen Taten aufhören müssen."

„Müssen, warum müssen?"

„Weil sie auch in dieser Welt leben und es wenn so weitergeht, wird die Natur vernichtet werden."

„Aber sie interessieren sich nicht für die Natur", hielt ich fest.

„Sie müssen sich für die Natur interessieren, weil sie auch auf der Erde leben. Wenn es so schlimm weitergeht, wird unser gemeinsamer Planet bestimmt vernichtet werden. So geht es nicht. Die Natur hat im Laufe der Millionen Jahre eine Menge fossile Energiequellen bereitgestellt und die Menschen sind immer noch damit beschäftigt, sie alle in einigen Jahrhunderten zu verbrennen. Die Klimaveränderung geht so schnell, dass man sie in seinem kurzen Leben bemerken kann. Als ich Kind war, habe ich jedes Jahr in Deutschland vier verschiedene Jahreszeiten gesehen. Jetzt herrscht im Klima dieses Landes ein wüstes Durcheinander. Die Menschen können nicht … "

Ich versuchte, meine Meinung dazu zu äußern, aber sie sagte wütend:

„Lass mich weiter reden … man kann nicht immer die Welt in Gute und Böse einteilen. Wir leben alle auf diesem kleinen Planeten und haben das gleiche Schicksal, auch dein Sündenbock.

Sie erinnern an einen Menschen, der am Südpol eine hölzerne, kalte Hütte bewohnt und die letztem Scheite seines Brennholzes in den Ofen geworfen hat. Langsam beginnt er die Holzmöbel in den Ofen zu werfen, die Schränke, die Stühle, die Tische, alles, um sich warm zu halten. Am Ende denkt er an das Verbrennen seiner eigenen Hütte, aber er weiß, wenn seine Behausung verbrennt, wird er bestimmt vor Kälte sterben.

In diesem Moment versteht er, dass er mit seinem tödlichen Tun aufhören und sich stattdessen an die Kälte gewöhnen muss. Die Weltmächte, die Diktaturen, die Kapitalisten, egal, wie du sie nennst, müssen mit ihrem dummen Handeln aufhören, nicht wegen mir oder dir, sondern wegen sich selbst."

Sie schwieg. Vielleicht erwartete sie eine Antwort von mir; aber ich fand keine, weil ich vorher behauptet hatte, dass der Beweggrund für die schlimmen Taten der heutigen Situation nicht von einer Krankheit der Menschen stammt, sondern zu ihrem Egoismus gehört.

Aber Soraw begann plötzlich zu sprechen: „Ich glaube, er verbrennt seine eigene Hütte und tanzt um sein Feuer."

„Warum?"

„Weil der Mensch auch Eier legen kann."

„Er kann was", fragte Kirsten.

Soraw drehte seinen Kopf zu mir und bat: „Erzähl ihr den Witz."

„Welchen Witz?"
„Den kurdischen Witz, den du mir vor einigen Monaten erzählt hast. Es geht um das Eierlegen der Bären."
Ich musste lachen. Dann erzählte ich, dass ein Kind seine Mutter fragt, ob Bären Eier legen können. Die Mutter antwortete ihm: Der Bär ist ein komisches Tier, vielleicht kann er auch Eier legen."
Soraw brach in Lachen aus und sagte stockend: „Der Mensch ist ein noch komischeres Tier, bestimmt kann er Zweidottereier legen."
Kirsten verzog keine Miene. Sie blieb still, bis Soraw mit dem Lachen aufhörte, dann sagte sie:
„Leider kann man von den Menschen alles erwarten … das war aber ein Witz?"
Soraw antwortete ihr leidenschaftlich: „Auf Kurdisch klingt er sehr lustig."
Er schaute zu mir und sagte: „Möchtest du noch etwas trinken?"
Ich hob mein Glas und sagte: „Ja, aber für mich weniger."
Er trank sein volles Glas aus und fragte mich: „Singen die Kurden heutzutage beim Trinken wie früher?"
„In meinem Freundeskreis hat immer jemand gesungen, wenn wir mehr als eine Person waren."
Jetzt lachte Kirsten und sagte:
„Aber wir sind schon zwei Personen. Und ich, ich kenne kurdische Musik leider nicht. Kannst du singen?"
„Ich habe lange nicht gesungen. Seitdem ich in Deutschland angekommen bin."
Ich nahm mein Handy und erinnerte mich an ein neues kurdisches Lied, das ich schön fand.

„Schickst du es mir über Bluetooth?"
„Wenn es dir gefällt, kannst du es immer auf YouTube finden."
Ich tippte den Namen des Sängers ein und stellte das Handy ganz leise, damit wir sein Lied später ohne Unterbrechung hören könnten. Soraw fragte mich: „Hast du es nicht gefunden?"
„Doch, aber es dauert etwa fünfzehn Minuten."
„Dann bringe ich die summende Biene eben zum Schweigen."
Er schob seinen Stuhl zurück und stand auf, drehte sich um und ging zum Wiesenende, wo die Knopflampe des Roboters in der Dunkelheit grün schimmerte.
Kirsten rief ihm nach: „Die Fernbedienung liegt auf der Bank."
Soraw ging nicht zur Bank, die ich vor dem Teich gesehen hatte, bevor es dunkel geworden war. Er bückte sich und lief so, dass es mir erschien, als ob er ein Gespenst wäre, das einen frechen Jungen erschrecken oder einen Hahn fangen wollte.
Er drückte den Knopf des Roboters mit der Hand oder dem Fuß und der ganze Hof wurde stumm und ruhig. Da das Lied noch nicht heruntergeladen war, brachte er das übrige Geschirr zur Küche. Bei seiner Rückkehr schenkte er mir ein kleineres Gläschen ein als seines. Ich trank es leer, stellte das Handy laut und ließ das Lied beginnen.
Die Melodie war traurig. Ich beobachtete neugierig Kirsten und versuchte eine Reaktion zu entdecken. Bevor der Sänger begann, trank Soraw sein Gläs-

chen und mit dem ersten Satz des Liedes brach er in Tränen aus:
„Die Jungfrau aus dem Dorf,
ich vermisse die von deinen Schultern hängenden schwarzen Zöpfe,
ich vermisse den Geruch deines Fladenofens in der Morgendämmerung."
Er weinte wie ein von der Mutter verlassenes Kind und die Tränen flossen seine Wangen hinunter. Ich hatte keine so emotionale Reaktion von ihm erwartet. Im Laufe der letzten sieben Monate lernte ich ihn als einen selbstbeherrschten Mann kennen, der bei heiklen Themen noch zurückhaltend war. Jetzt weinte er, auch bei der bloßen Melodie, aber jedes Mal, wenn der Sänger wieder zu Wort kam, weinte er so stark, dass seine Lippen bebten und sein Kopf zitterte.
Wenn er nicht vor einigen Minuten ganz normal zum Roboter gegangen wäre, hätte ich seine Reaktion mit der Trunkenheit in Zusammenhang gebracht. Kirsten war völlig still. Es schien mir, als ob sie einen Kloß im Hals hatte und sich bittere Vorwürfe machte, weil sie die schreckliche Einsamkeit ihres Mannes nicht erfühlen konnte. Sie blickte irgendwohin, höher als der Balkon und sogar höher als der zweite Stock ihres Hauses, in dem sie vor einigen Jahren ihre Patienten auf ihren Geisteszustand untersuchte, bevor sie in der Stadtmitte eine luxuriöse Praxis eröffnet hatte.
Ich sah direkt ihre türkisfarbigen Augen an und dachte an das abgenutzte Praxisschild, das bestimmt

in dieser späten Nacht unsichtbar war. Das Lied dauerte lange traurige Minuten; aber ich bereute es nicht, dass ich ein so betrübtes Lied zum Hören vorgeschlagen hatte. Mit dem Ende des Liedes richtete Soraw seinen Blick auf mich und sagte ganz einfach und locker: „Es war schön, sehr schön."

Dieser Satz machte mich sehr froh, wie berührend, dass ein enttäuschter schüchterner Mensch, ein Tawab, mich als Eingeweihten annahm. Er drehte sich und sah Kirsten an. Sie war noch nicht bei uns. Soraw streckte seine Hand zu ihr, Kirsten drehte ihren Kopf zu ihm und Soraw streichelte langsam ihre Wange. Er zog sie näher zu sich und küsste sie auf den Mund.

Kirsten legte ihre linke Hand auf Soraws Schulter und schloss ihre Augen. Sie küssten sich lange so genüsslich, als ob ihnen niemand gegenübersitzen würde. Ich betrachtete Kirstens weißstrahlende gewölbte Brüste, die keine Spur von Alter zeigten. Ich schaute sie mit Lust und Verwunderung an und lobte sie stimmlos, eine fitte und kühne Frau, die in diesem Alter keinen BH trägt. Sie bückte sich so hinunter, dass ich mir trotz der Dunkelheit ihre braunen Brustwarzen vorstellen konnte. Ich dachte, sie hätte auch keinen Slip getragen und wenn ich nicht da gewesen wäre, hätte sie ihren Stuhl zurückgeschoben und sich auf Soraws Beine gesetzt.

Soraws Lippen verließen Kirstens Mund, berührten und küssten die Wangen und liefen zu ihren blauen Augen. Dann drehte er seinen Blick zu mir und sagte auf Kurdisch:

„Shora jna."*
Kirsten öffnete ihre Augen und lächelte so fröhlich, als ob sie die Bedeutung dieses kleinen Satzes verstanden hätte. Soraw bat mich dasselbe Lied drei Mal laufen zu lassen. Inzwischen trank er wie ein Loch und ich trank die kleinen Gläschen mit. Als ich unter dem Vorwand, der Akku wäre leer, mein Handy in die Tasche steckte, war er ganz betrunken und begann kurdisch zu reden.

Kirsten verließ uns und er erzählte von seiner Vergangenheit und stellte mir viele Fragen über die Mentalität unserer neuen Generation. Nach einer Stunde war er bei meinen Antworten eingeschlafen. Ich begleitete ihn bis zu einem Liegestuhl. Er schlief tief ein.

Ich zog mich aus und ging in den Teich und genoss das angenehme Wasser, bis der Scheinwerfer ausgeschaltet wurde und ich mich in der Finsternis befand. Ich schaute zur Terrasse. Kirstens kaum erkennbare Erscheinung stieg die Treppe herunter. Sie trug ein weißes Ding in der Hand, brachte es zum Liegestuhl, auf dem Soraw schlief, legte es auf ihn und ging.

Obwohl ich ganz langsam schwamm und es dunkel war, hatte sie bestimmt bemerkt, dass ich im Teich war, weil ich sie in meiner Nähe fand, als ich vom Teich heraus kam. Sie gab mir einen Bademantel und sagte: „Ich habe Apfelkuchen gebacken. Wenn es sehr dunkel ist, können wir im Haus sitzen; Soraw schläft lieber in der Dunkelheit."

* „Sie ist eine charmante, kluge Frau."

„Draußen ist es angenehmer. Meine Augen sind jetzt an die Dunkelheit gewöhnt."
Sie ging. Ich trocknete mich schnell ab, zog meine eigene Kleider an. Dann versuchte ich den Bademantel in die Zweige eines Baumes zu hängen, konnte es aber nicht schaffen und legte ihn neben die Fernbedienung. Ich setzte mich an den Tisch und wartete einige Sekunden auf Kirsten. Danach dachte ich, es wäre höflicher, wenn ich ihr helfe, die Sachen herbei zu bringen. Ich ging zu dem schwachen Licht, das aus der Küche kam. Dort brannte nur eine Nachtlampe und sie war mit dem Schneiden des Kuchens beschäftigt.
Ich stellte die Thermosflasche und das Geschirr auf ein Tablett und ging vorsichtig in den Garten, schaltete mein Handy an und räumte die übrigen Sachen in der Ecke des Tisches auf. Sie brachte das Tablett, auf dem der geschnittene Kuchen lag, setzte sich mir gegenüber und sagte: „Kaffee, Kuchen, bediene dich."
Ich nahm ein Stück Kuchen mit der Gabel und legte es auf einen Teller. Auch sie nahm eins und fragte mich:
„Weißt du, dass wir in einigen Monaten nach Kurdistan fliegen?"
„Wie lange bleibt ihr dort?"
„Etwa einen Monat."
„Ich wünsche euch einen schönen Urlaub."
„Ich wünsche das auch, besonders für Soraw. Er will nach vierundzwanzig Jahren seine Heimat besuchen. Ich hoffe, dass er nicht enttäuscht wird."
„Keine Sorge, er wird bestimmt einen wunderschö-

nen Urlaub haben, insbesondere, weil auch du ihn begleitest."

„Bist du sicher?"

„Ja, Soraw hat eine große Familie, sie werden euch einen begeisterten Empfang bereiten. Ihr werdet jeden Tag mindestens zum Abendessen eingeladen."

„Aber ich esse abends nicht, ich mache eine Diät."

„Du kannst nicht wegen der Diät ihre Einladung ablehnen. Sie finden solche Gründe unfreundlich. Du musst deine Essgewohnheiten ändern, später schlafen und nicht frühstücken. In SENA schlafen die Leute sehr spät. Ihr könnt bis zwei Uhr abends in der Stadt und am Fuß des Berges spazieren gehen oder herumfahren und die Leute anschauen, die ganz anders als dieses Volk hier leben."

„Wie kann man sich mit ihnen in Verbindung setzen?"

„Ganz einfach, geh einen Schritt auf sie zu, dann kommen sie zehn Schritte auf dich zu, sag ihnen deinen Namen, dann erzählen sie dir von ihren Urahnen. Wenn du sie beim Essen siehst, geh zu ihnen und nimm ihr Essen. Sie werden sich bestimmt freuen."

„Das ist aber schön. Sind die Kurden so nett?"

„Sie sind solange mit dir nett, solange du ihnen noch fremd bist. Das Wort fremd hat dort eine ganz andere Bedeutung als hier. Dort bedeutet „fremd" - ein Gast sein, ein einsamer Mensch, dem jeder helfen muss. Die Kurden behandeln Fremde wie die Deutschen die Tiere. Die Deutschen lieben die Tiere, aber sie stellen Plastikraben vor ihre Fenster, damit sich keine Taube auf ihren Balkon setzen kann oder

kastrieren ihre geliebten Hunde, damit sie ihre Ruhe haben. Wie gesagt, ihr könnt einen schönen Urlaub verbringen. Ein Monat vergeht dort wie der Wind."
„Ich habe auch Sorge wegen der kurdischen Sprache von Soraw. Ich habe ihn beobachtet, als er mit dir telefonierte. Obwohl ich ihn noch nicht gefragt habe, bin ich aber fast sicher, dass er zu schüchtern ist, um mit seiner Familie zu sprechen. Er chattet nur noch mit ihnen. Ist sein Kurdisch so schlecht?"
„Er spricht mit Akzent. Aber das ist nicht so schlimm. Wenn er einige Stunden am Tag mit jemandem spricht, kann er bestimmt sein Problem lösen."
„Kannst du ihm dabei helfen?"
„Leider nicht, weil ich auch Deutsch lernen muss. Aber das ist kein großes Problem. Ich kann ihm viele Menschen, die täglich mit ihm sprechen wollen, vorstellen."
„Wirklich, wen zum Beispiel?"
„Viele Freunde und Freundinnen von mir, auch meine Mutter."
„Bittest du sie darum?"
„Warum bitten? Sie möchte mit jemandem über ein Land reden, in dem ihr Nesthäkchen lebt."
„Dann muss Soraw aufpassen, dass er sie nicht beunruhigt."
„Mach dir darum keine Sorgen. Sie denkt, dass ein Asylheim schließlich besser ist als die Gefängnisse der iranischen Regierung."
Sie hob eine Tasse vom Tablett und fragte mich: „Möchtest du einen Kaffee trinken?"

„Nein, danke, ich will noch einige Gläschen Schnaps trinken."

Sie goss sich vorsichtig einen kleinen Kaffee ein. Ich hörte die Stimme des Kaffees, der in der Tasse tanzte, bis sie die Thermosflasche wieder gerade hinstellte. Ich schaltete mein Handy an und lehnte es an die Vase. Die Schnapsflasche war warm geworden. Ich steckte meinen Zeigefinger in die Eisschüssel. Die Eisstücke waren aufgetaut. Ich hätte keinen Schnaps trinken mögen, trotzdem schenkte ich mir ein Gläschen im Licht des Handys ein und trank es widerwillig.

Nachdem ich einen Löffel von der Vorspeise gegessen hatte, begann Kirsten: „Darf ich dir eine Frage stellen?"

„Du kannst mir jede Frage stellen, die du willst."

„Danke, warum hat Soraw geweint?"

„Wegen der Musik."

„Ich weiß, aber ich will wissen, ob sein Weinen mit dem Inhalt des Liedes, mit Nostalgie, mit einem verlorenen Menschen oder mit allen diesen Dingen zu tun hatte."

„Kirsten, hast du schon einmal die Stimme des Regens gehört?"

„Die Stimme des Regens?"

„Ganz einfach, die Stimme des Regens."

„Vielleicht meinst du die Töne, die man hört, wenn der Regen auf das Satteldach oder die Scheiben schlägt."

„Nein, es sind die Stimmen des Satteldachs oder der Scheiben. Man kann die Stimme des Regens nur dann hören, wenn man unter einem haarigen Zelt schläft. Die Nomaden im Mittleren Osten leben in einem Zelt, das aus den Haaren ihrer Ziegen gewebt wird, weil das Haar das einzige natürliche Material ist, das sich bei Feuchtigkeit ausdehnt. Die Menschen, die in diesen Zelten schlafen, sind vor dem Regen geschützt, aber sie können die Stimme des Regens in allen Nuancen hören.

Man kann nicht verstehen, wie phantastisch dieser Schlaf ist, bevor man ihn selbst erlebt hat. Millionen Tropfen schlagen beständig auf die Haare und du hörst eine natürliche Symphonie, deren Tempo, Rhythmus und Dynamik vom Charakter jeder Nacht meisterhaft verändert wird. In einer solchen Nacht war Soraw zum ersten und letzten Mal in seinem Leben bei den kurdischen Nomaden in den Höhen der Berge.

Er trank und übernachtete mit einem alten Nomaden und seinen Töchtern, die alle ihre schwarzen Zöpfe auf die Schulter hängen ließen, in ihrem Zelt. Nach einer regnerischen Nacht wurden Soraw und Issa vom Geruch des frisch gebackenen Brotes und von der schönen Stimme einer der Jungfrauen, die beim Backen sang, wach. Das Lied erinnerte Soraw an diese Nacht."

„Ich kann nicht verstehen, warum Soraw mir nie von dieser Nacht erzählte. Vielleicht denkt er, dass ich eine eifersüchtige Frau bin."

„Er kann es dir nicht erzählen, weil solche Sachen unbeschreiblich sind. Ich hab dir eine Geschichte von mir erzählt. Soraw hat mir nur gesagt, dass das

Lied ihn an eine Nacht erinnerte, in der er mit seinem Freund bei einem Nomaden schlafen musste, weil es stark regnete und sie Peshmargakleidung trugen. Und sie hätten mit einem alten Nomaden und seinen Töchtern Rosinenschnaps getrunken. Alles andere hab ich vom Lied und meinen persönlichen Erfahrungen her vermutet.
Was könntest du verstehen, wenn du diese Sätze gehört hättest? Wenn jemand heutzutage seine Erfahrung beschreibt, nennen ihn die Leute einen verrückten Menschen oder zumindest einen Schwätzer. Heute haben die Leute nicht genug Zeit für unnötige Informationen. Sie wollen nur wissen, wo und wann etwas passiert ist, welchen Einfluss dieses Ereignis auf ihr Leben hätte haben können und mit wie viel Prozent es möglich wäre, dass sie dieses Ereignis für ihre eigene Interesse ausnutzen könnten."
„Meinst du, dass Soraw diese Frau noch liebt? Vielleicht könnten wir sie bei unserem Urlaub finden. Das Leben der Nomaden ist auch für mich interessant."
„Nein, Kirsten, solche Personen gehören nicht zu den Menschengruppen, die man auf Facebook finden kann. Wenn man sie einmal verliert, kann man sie nicht wieder finden."
„Aber warum? Man kann jemandem auf die Spur kommen."
„Aber nicht nach dreißig Jahren, nicht, wenn sie Kurden sind. Du würdest nicht glauben, wie vergesslich die Kurden sind. Als ich sechs Jahre alt war, hatte die Nachricht der Ankunft einer wunderschönen Frau die Stadt in Aufruhr versetzt.

Es fand eine große Ausstellung für sie statt. Die Leute haben Geld bezahlt, um diese Fee, diese Göttin sehen zu können. Einige Wochen redeten alle Leute, besonders die Männer, über diese Frau. Als ich sie aber nach zwanzig Jahren sehen wollte, wegen meines ersten Romans, erinnerte sich kein Mann mehr an sie. Wenn nicht einige Frauen sie noch in ihren Gedanken behalten hätten, wäre ich bestimmt überzeugt gewesen, dass sie nur ein Traum, ein Abbild meiner Kindheit war. Nach vielem Nachforschen konnte ich ihre wirkliche Wohnung finden, in der sie gelebt hatte, aber sie war weg und niemand konnte mir sagen, was mit dieser Frau passiert war.
Ich habe ein Jahr lang in einer mir bekannten Stadt, in der ich geboren und aufgewachsen bin, nach einer berühmten Frau gesucht, aber ich konnte am Ende nur einige Sekunden lang ihre Fotos sehen."
„Ich kann mir nicht vorstellen, dass die Männer einer Stadt eine Frau für immer vergessen, die sie so wunderschön gefunden haben."
„Für mich war und ist es noch unglaublich. Von da an hab ich viel darüber nachgedacht. Jetzt bin ich fast überzeugt, dass es kein Volk in der Welt gibt, das so schnell von den Schönheiten beeindruckt wird und sie ganz schnell wieder vergessen kann. Im Laufe meines Lebens hab ich viele schöne kurdische Frauen gesehen, die einen armen arbeitslosen Mann heiraten wollten, obwohl sie viel bessere Möglichkeiten hatten. Wenn man diese Jungfrauen fragt, warum möchtest du unbedingt diesen Penner heiraten, hätten sie geantwortet: Er tanzt schön.

Ich frage dich, Kirsten: Ist es überhaupt möglich, dass in diesem Land eine schöne reiche Frau einen Mann heiraten will - wegen seines Tanzes?"
„Vielleicht ist das Interesse der Kurden für die Schönheit größer als bei uns."
„Nein, das hab ich nicht gemeint. Der Tanz spielt im Leben der Kurden eine praktische Rolle. Der Tanz der Kurden ist eine schöne und gleichzeitig scheinheilige Darbietung, die immer wiederholt wird. Bei diesem Tanz spielen die Klassenunterschiede, Religion, Geschlecht und Alter keine Rolle. Alle Menschen, Bauern und Parlamentarier, Bauarbeiter und Professoren, Männer und Frauen, Mullahs und Atheisten tanzen Hand in Hand. Die wichtigsten Menschen dieser Darbietung sind diejenigen, die schöner tanzen und vom Publikum mehr bestätigt werden. Aber nach dem Tanz ist es mit der Gleichheit, Solidarität und Einigkeit vorbei. Diese Vorstellungen müssen immer wiederholt werden, damit die Schönheiten nicht vergessen werden."
„Das ist aber normal und überall so. Auch die berühmten Schauspieler und Sportler werden sehr schnell vergessen, wenn man einige Monate nichts von ihnen gehört hat."
„Du hast recht … Vielleicht konnte ich meine Meinung nicht gut erklären."
„Du kannst mir später diese Sache genauer erläutern. Ich glaube, alles in dieser Welt ist möglich, auch das Finden einer unbekannten Nomadin."
„Vergiss diese Sache, lass mich dir eine persönliche Frage stellen. Darf ich?"

„Ich bin siebenundvierzig Jahre alt", antwortete Kirsten.
Ich musste laut lachen, aber ich erinnerte mich sofort an Soraw und sagte: „Entschuldigung, ich hab vergessen, dass er noch schläft."
„Mach dir keine Sorge, er wird nur durch Licht und den Klang seines Handys wach. Hast du deine Antwort bekommen?"
„Nein, ich wollte dir noch eine persönlichere Frage stellen. Darf ich?"
„Fragen kostet nichts, du bekommst entweder eine Antwort oder eine ausweichende Antwort."
„Oder ein Schimpfwort."
„Nein, ich schimpfe nie auf jemanden. Ich bin eine anständige Frau."
„Selbstverständlich. Wie konntest du Soraw dazu bringen, ein Kind zu bekommen?"
„Willst du für einen neuen Roman Informationen sammeln?"
„Nein, ich bin nur neugierig."
„Ich weiß auch nicht. Vielleicht war es nur ein Zufall. Wir haben jahrelang darüber diskutiert; aber unsere Diskussionen führten nicht nur zu keinem Ergebnis, sondern überschatteten auch unsere Beziehung.
Eines Tages entschied ich mich, für immer mit dieser ergebnislosen Bemühung aufzuhören und den Rest meines Lebens nur nach dem Vergnügen auszurichten. Nachdem ich einen sündteuren Mercedesgeländewagen gekauft hatte, ließ ich mir vom Friseur die Haare nach der neusten Mode schneiden. Dann hab

ich eine Menge Kleider und sehr viel Schmuck gekauft, um mich für die Einladungen zu Festessen in Paris zu schmücken. Ich bin stundenlang über die Autobahnen und durch die Stadt gefahren und dachte an die zukünftigen strahlenden Wochen in Paris. Als ich unterwegs nach Hause war, in einer Gasse, bin ich einem Jungen begegnet, einem sehr schönen, süßen vierjährigen Jungen, der versuchte, eine Katze vom Boden zu heben.

Ich bin unbewusst auf die Bremse getreten. Er wiederholte ständig, wie eine Ameise, seine niedlichen Versuche, aber er konnte es nicht schaffen. Plötzlich ließ er die Katze frei, drehte sich um und rannte zu einem schrottreifen Auto. Seine Mutter ist fröhlich ausgestiegen, hat ihm etwas auf Türkisch gesagt, ihn hochgehoben und fest an die Brust gedrückt. Nach einigen Sekunden war der Junge weg, ohne ein einziges Mal nach der Katze zu sehen. Ich habe echt die Mutter um ihr einfaches Gluck beneidet und konnte nicht weiter fahren.

Ich habe lange geweint. Dann habe ich Soraw angerufen und bei allen Heiligen geschworen, dass ich nie ein Wort mit ihm rede, wenn er bis nächsten Abend nicht bereit wäre für unser Kind.

Am nächsten Abend haben wir uns getroffen. Er hat mir zum ersten Mal seit unserer Beziehung von seiner schrecklichen Vergangenheit erzählt. Obwohl seine Erinnerungen für mich sehr hart waren, versuchte ich, sie bis zum Ende anzuhören; aber er ist zu meiner Überraschung in Tränen ausgebrochen. Ich habe versucht, ihn zu beruhigen, um die Quelle seines Leids zu finden. Er wurde plötzlich wütend und sagte mir: Hast du nicht genug gehört? Möchtest du wissen, wie man mich zerbrechen konnte? Möchtest du wissen, wie interessant der Geisteszustand eines Gefangenen ist, der in der Einzelhaft nicht bemerken kann, ob acht Monate oder fünfzehn Jahre seines Lebens vorbei gegangen sind? Was möchtest du genau wissen, Professorin?

Nach diesen Sätzen konnte ich mir das Weinen nicht mehr verkneifen und brach in Tränen aus. Ich habe geschluchzt, konnte meinen Körper nicht mehr beherrschen und bin auf den Boden gefallen. Soraw kam sofort zu mir und hat versucht, mir zu helfen. Ich weiß nicht, was genau mit mir passiert ist. Er hat mein Gesicht und meine Haare geküsst und sagte ständig:

„Du hast Recht mein Liebling, wir brauchen ein Kind."

Ich habe versucht ihm zu sagen, dass ich kein Kind mehr haben will, dass ich nicht noch ein armes Kind in diese wilde Welt bringen will; aber ich hatte keine Kontrolle über meine Lippen und meine Zähne haben geklappert. Ich weiß auch nicht genau, wie lange es gedauert hat, bis ich wieder zu mir kam.

Ich hab mich wieder auf den Stuhl gesetzt, den Rest meines Bieres getrunken und ihm gesagt: „Danke, dass du mich bemitleidest, aber ich brauche kein Kind mehr."

„Nein, ich wollte dich nicht trösten. Ich habe viel darüber nachgedacht. Wir brauchen ein Kind."

„Nein, Soraw, niemand kann uns unsere Zukunft

garantieren. Dieses Land kann auch wieder in eine Dummheit geraten. Du hattest Recht; wir dürfen nicht wegen unseres Egoismus ein Kind in unsere schmutzige Welt zwingen."

„Nein, Kirsten, man hat uns zur Welt kommen lassen, deswegen dürfen wir auch jemanden entstehen lassen."

„Sharam, du kannst selbst entscheiden, ob ich ihn überzeugen konnte oder ob er meinetwegen ein Kind haben wollte."

„Was für ein Gefühl hast du jetzt?"

„Ehrlich gesagt, ich habe kein gutes Gefühl. Manchmal empfinde ich die Leibesfrucht wie ein ungewolltes Ding. Manchmal vermute ich, dass Soraw mich nur besiegen wollte."

„Besiegen, wieso?"

„Wenn er seine Geschichte nicht so hart und in aller Ausführlichkeit erzählt hätte, wäre ich nicht in diese emotionale Situation gekommen, meinen Schwur zu brechen. Ich denke, er hat meinen Schwachpunkt benutzt, damit er mich besiegen und meinen Wunsch selbst erfüllen kann."

„Was? Jetzt bin ich ganz sicher, dass der Beruf des Menschen einen außerordentlichen Einfluss auf seine Persönlichkeit hat. Soraw hat es dir nur erzählt, weil er es selbst so gehört hat. Ich bin dabei gewesen, als die Soldaten erzählten. Sie reden vom Stöhnen der Opfer so emotionslos, wie ein Mechaniker vom Geräusch eines Autos spricht.

Außerdem glaube ich, dass es für eine Psychiaterin normal ist, nach den Beweggründen des Sprechenden zu forschen."

„Ist es auch normal, wenn ein Schriftsteller seine Gesprächspartnerin als ein Subjekt seines Romans nimmt?"

„Leider ist es so. Die Schriftsteller sehen die Menschen als Subjekte ihrer Romane; aber das ist nicht die größte Besonderheit der Schriftsteller."

„Was ist dann die wichtigste?"

„Sie lügen besser als andere Menschen."

„Meinst du das Übertreiben oder die Phantasie?"

„Wir nennen die Phänomene immer so, wie wir es wollen. Ich meine aber wirklich dieselbe Bedeutung, die heute Allgemeingut ist. Ein Schriftsteller benutzt zum Beispiel die verschiedenen Blickwinkel, um seinen persönlichen Charakter zu verstecken und das ist eine plumpe Lüge."

„Aber es gibt auch die Schriftsteller, die sich als echter Charakter in ihren Schriften erweisen, mit ihrem wirklichen Namen."

„Ja, aber kein Richter kann einen Schriftsteller wegen der Zeilen, die er selbst über sich geschrieben hat, vor Gericht laden, weil eine Erzählung, im Gegenteil zur Nachricht und der Historie, mit der Vorvermutung der Unwirklichkeit beginnt und gelesen wird ... Weißt du, warum ich die deutsche Sprache mag? – Weil es im Deutschen ein gleiches Wort für die Erzählung und die Historie gibt. Diese historische Entscheidung beweist große Gedankentiefe. Die Deutschen wussten schon immer, dass die beiden gleich lügen."

„Findest du wirklich die Lügen normal?"

„Ja, ich glaube, alle Menschen lügen. Als ich im

Iran im Gefängnis war, hab ich einen Menschen kennengelernt. Er war ein Dieb und wenn jemand ihn nach seinem Beruf fragte, antwortete er ganz gelassen: Ich bin von Beruf Dieb. Wir haben zuerst gedacht, dass er scherzt; aber ich habe ihn später gefragt und er hat mir geantwortet: Ich glaube, alle Menschen sind Diebe, einige brechen in Geschäfte ein, andere in Banken, einige in Länder und manche in die Köpfe. Seiner Theorie nach sind alle Menschen Lügner, manche lügen andere Menschen an und manche sich selbst."

„Wenn deine Behauptung wahr wäre und alle Menschen lögen, muss man aber die Lüge nicht auch noch beglaubigen."

„Ich habe nicht gesagt, dass Lügen eine gute Sache ist, aber sie ist nicht so gefährlich wie die Wahrheit."

„Du willst die Geschichte der Gedanken der Menschen in Frage stellen?"

„Welche Geschichte meinst du, die Erzählung oder die Historie?"

„Egal, ich will nicht mit den Wörtern spielen. Die Entwicklungsgeschichte der Menschen!"

„Die Wahrheit hat mit der Entwicklungsgeschichte der Menschheit nichts zu tun. Sie ist die Erfindung der Machtgeschichte. Bevor dieses Wort erfunden wurde, feierten die Menschen mit dem Beginn des Frühlings ein Fest, das dreizehn Tage dauerte, für jeden Monat einen Tag und der letzte Tag war der Tag der Lüge.

Die Leute damals hatten die Lüge aus ihrem Leben nicht verbannt, weil sie die Lüge als einen Teil der

Natur, als ein noch nicht erwiesenes Phänomenen geschätzt hatten. Aber eines Tages behauptete man, es sei die absolute Wahrheit gefunden; seitdem wurde der dreizehnte Frühlingstag zum Unglückstag erklärt und darüber hinaus die Dreizehn als eine Unglückszahl angeschaut."
„Auch in Deutschland nennt man Dreizehn eine Unglückszahl."
„Selbstverständlich, weil das Osterfest und das Frühlingsfest des Mittleren Ostens, Nawros, von einer gleichen Weltanschauung, dem Mithraismus, stammen. Die Ähnlichkeiten, die zwischen diesen zwei Festen herrschen, sind unbestreitbar.
Beide beginnen in der gleichen Zeit und die Leute haben die gleichen Rituale. Das Färben der Eier, der Eierwettkampf in den beiden Kulturen in dieser besonderen Zeit symbolisieren eine ähnliche Bedeutung, es ist auch möglich, dass das Wort, April, mit dem kurdischen Wort, AFRIN, als Bezeichnung aus der gleichen Quelle stammt, weil die Mithraisten dachten, dass mit dem Beginn des Frühlings die Natur sich wieder erschafft. Auch der dreizehnte Frühlingstag, der östliche Lügen-Tag, hat mit dem westlichen Lügen-Tag, dem ersten April, nur ein oder zwei Tage Zeitunterschied."
„Bist du dir bei dieser Sache sicher? Diese Besonderheiten scheinen unglaublich ähnlich, ich habe allerdings bis jetzt noch nie von ihnen gehört."
„Wenn auch alles, was ich gesagt habe, Lüge wäre, schadet es niemanden."
„Ja, ich verstehe, du stammst aus dem Land der Märchensammlung Tausend und eine Nacht."

„Nein, ich komme aus dem Land der namenlosen Beit-Erzähler."

„Was ist das?"

Ich wollte ihr antworten, aber ich hörte Soraws Stimme und dachte, dass er uns etwas sagen wollte. Ich schaute zu ihm. Er lag noch auf der Liege und sprach im Schlaf. Ich spitzte die Ohren, aber er sprach undeutlich. Ich fragte Kirsten, auf welche Sprache er normalerweise im Schlaf spricht. Sie erwiderte lachend: „Er spricht auf Deutsch, wenn er über etwas redet, das mit mir zu tun hat."

Es erinnerte mich an meinen armen Vater, der dauernd im Schlaf sprach und deswegen wurden seine Affären immer von meiner Mutter entdeckt. Lange Zeit konnte er nicht verstehen, wie meine Mutter seine noch nicht geschehenen Beziehungen mit den Frauen vorhersehen konnte.

Die Folgen dieser Besonderheit meines Vaters sind eine lange Geschichte, Aber die wichtigste ist für mich ein Witz, an den meine Mutter, als Symbol dieses Unglücks, immer meinen Vater erinnerte: Eines Tages sei eine Wunschfee zu meinem Vater gekommen und habe ihm gesagt „Ich kann dir drei Wünsche erfüllen, welche Wünsche hast du?" und mein Vater hätte ihr geantwortet: „Ich will nur dich vögeln."

Ich fing an zu lachen. „Worüber lachst du", fragte Kirsten.

„Die Masse der Kurden macht oft über alles einen Witz, im Unterschied zu den Beit-Erzählern. Diese Sänger erzählen meistens die kurdischen tragischen

Märchen. Sie haben bis jetzt das historische Unterbewusstsein ihrer Analphabeten-Gesellschaft behalten. Heute hat die kurdische Gesellschaft tausende Lobschreiber des Bodens, aber sie vergessen die wertvollen Märchen. Vor kurzer Zeit wollte ich ein BEIT, das ich vor einigen Jahren gehört hatte, wieder haben, weil ich die erste Seite meines neuen Romans mit der Zusammenfassung dieser Geschichte anfangen wollte. Aber ich konnte dieses Beit weder im Internet, noch bei den Kurden, die sich für solche Kassetten interessieren, wiederfinden.

In diesem Beit geht es um einen Beit-Erzähler, der von Kurdistan in ein Feindesland fliehen musste, ich habe vergessen, aus welchem Grund. Er wurde dort verhaftet. Man sah in ihm einen Spion und wollte ihn erhängen, aber jemand sagte, die Kurden haben großen Respekt vor dem Boden aus Kurdistan, nehmt etwas Boden seines Landes und legt ihn darauf, damit er auf diesem Boden den Eid sprechen kann. Der Beit-Erzähler hat bei dem Boden Kurdistans geschworen, dass er kein Spion sei und wurde freigelassen.

Er kam wieder nach Kurdistan und wurde dort wieder verhaftet. Die Kurden sagten ihm, wenn er kein Vaterlandsverräter wäre, hätte man ihn dort bestimmt erhängt. Der Beit-Erzähler schwor bei allen Heiligen und auch beim Boden aus Kurdistan, dass er unschuldig sei, aber die Leute glaubten ihm nicht. Am Ende hat man ihm gesagt, er würde eingemauert, dann habe er viel Zeit, um ihnen durch einen Beit seine Schuldlosigkeit zu beweisen.

Der Beit-Erzähler begann zu singen und gleichzeitig baute man vier Wände um seinen Körper herum. Er konnte sein Beit nicht beenden, bis er eingemauert war. Ein solches Volk kann man durch die Königsgeschichten nicht kennenlernen."

„Aber die Geschichten der Scheherazade sind keine Königsgeschichte."

„Wer ist für dich der Protagonist dieses Märchens?"

„Scheherazade. Weil sie die einzige Frau des Königs war, die durch ihre Klugheit ihr Leben retten konnte."

„Also siehst du einen Menschen als Helden an, wenn er sein Leben retten kann?"

„Nicht unbedingt, aber sie hat auch das Leben vieler anderer Frauen gerettet."

„Aber sie hat später diesen Mörder geheiratet. Ich finde, der König ist der Protagonist dieses Märchens.

„Wieso?"

„Hast du nicht darüber nachgedacht, warum der König seine Frauen enthaupten ließ?"

„Ich war noch ein Kind, als ich diese Märchen gelesen habe."

„Ich auch, aber ich habe erst in Deutschland vermutet, dass der König seine Frauen umbringen ließ, weil er sich für seinen kleinen Schwanz geschämt hat. Er hatte Angst, dass seine Frauen seinen Untertanen von seinem kleinen Schwanz erzählen. Als Scheherazade ihm eine interessante Volksgeschichte erzählt hatte, verstand er aber, dass das Volk viel

schönere und interessantere Sachen zu erzählen hat, als es die Schwanzgröße eines Königs ist.
In dieser Nacht hat Scheherazade gewonnen; aber sie war nicht klug genug, um zu verstehen, dass der König sie nie enthaupten lassen konnte und ist eintausend Nächte im Fegefeuer geblieben und am Ende musste sie einen so kranken Mörder als echte Frau bedienen."
„Und du glaubst, dass deine Behauptung wahr ist?"
„Es gibt keine Wahrheit in der Welt. Vor achthundert Jahren hat ein persischer Dichter, Maulana Balkhi Rumi, geschrieben: „Die Wahrheit war ein Spiegel, der eines Tages vom Himmel gefallen ist. Er zerbrach in unzählige Stücke und jeder von uns kann nur ein kleines Stück davon haben."
„Sehr schön. Das ist die Relativität."
„Nein. Die Relativität ist ebenso absolut wie alle anderen Ideologien. Dieser übliche Satz ‚Alles ist relativ' ist auch ein absoluter Satz. Heute sind die Wirklichkeiten relativ und die Wahrheiten absolut geworden. Einige besondere Leute halten ihr eigenes Spiegelstück vor die Lupe der großen Medien und dadurch scheint es uns tausendmal größer. Es ist immer so: Wenn die Masse lügt, wird es als die Wahrheit betrachtet, aber wenn einige etwas Ungewöhnliches sagen, werden sie als Abtrünnige gebrandmarkt."
„Das Reden nimmt überhaupt kein Ende, möchtest du nicht schlafen?"
„Doch, ich trinke noch ein Glas, dann gehe ich schlafen. Dein Kaffee ist auch kalt geworden."

„Ich trinke keinen. Ich will auch ins Bett."
„Kirsten, ich hab nur noch eine Frage. Kannst du kurz antworten?"
„Frage ja, aber ich hab keine Lust mehr zur Diskussion."
„Gut, was ist dann passiert, nach eurer Entscheidung? Es scheint so, dass alles sehr schnell gelaufen ist."
Sie hob ihre linke Hand vom Tisch und nahm, einen Armreif vielleicht, von ihrem Handgelenk, hob mit ihren beiden Händen ihre Haare, drehte sie einige Mal über ihren Kopf und band sie mit dem Ringband so schnell zusammen, als ob sie es in einem hellen Raum gegenüber dem Spiegel getan hätte.
Eine Freundin im Iran brauchte auch keinen Spiegel, um ihre honigfarbigen großen Augen mit Mascara zu bemalen. Nach zwei Jahren Freundschaft bemerkte ich ihre merkwürdige Fähigkeit, als ich um Mitternacht wach wurde. Ich sah sie auf dem Stuhl sitzen. Sie hatte Kosmetika auf dem Schoß und schminkte sich. Ich guckte sie verstohlen an, bis sie damit fertig war.
Dann wälzte ich mich im Bett herum zur Wand und drückte den Lichtschalter. Ich staunte über ihr meisterhaftes Schminken. Als ich plötzlich bemerkte, dass der Vorhang ihres Zimmers nicht zugezogen war, wollte ich das Licht wieder löschen. Sie ging aber zum Fenster, legte ihre Hände aufs Fensterbrett und sagte: „Jeder, der gegen zwei Uhr morgens am Fenster steht, um zu sehen, wie es schneit, darf sich alle nackten Frauen anschauen."
Wie sieht Kirsten ohne ihre Ohrringe aus? Ich will mein Handy einschalten, um zu schauen, aber sie nahm wieder das Wort:

„Soraw war gegangen, um noch zwei Bier zu holen. Ich bin aufgestanden und habe von oben die Stadt und den Mercedesstern angeschaut. Auf einmal ist etwas ganz Unglaubliches passiert. Der Stern und auch alle Lichter verblassten. Es war kaum zu verstehen: Die Stadt hat sich offenbart. Ich konnte die Wohnungen, Bäume und Straßen sehen. Dieses Phänomen hat kurz gedauert, aber es war wie eine Inspiration, echt unglaublich."

„Die Araber sagen: trügerische Morgendämmerung zu diesem Augenblick."

„Wirklich? Ich hab ihn als einen seltsamen Zufall empfunden."

„Nein, das passiert jeden Tag, aber in den erleuchtenden Städten bemerken wir ihn normalerweise nicht."

„Ich dachte, das sei passiert, weil ich betrunken war und in dieser besonderen Laune lange den Stern anstarrte."

„Mag sein oder hast du vielleicht viel an den Satz von Hegel gedacht?"

Sie lachte kurz, bevor sie fragte: „An welchen?"

„An den, der an der Vorderseite dieses Gebäudes geschrieben steht: ... daß diese Furcht zum Irren schon der Irrtum selbst ist."

„Ich hab ihn noch nicht gesehen." Sie schüttelte den Kopf.

„Was? Aber du fährst jeden Tag mindesten zweimal an dieser Schrift vorbei!"

„Vielleicht ist sie neu."

„Nein, dieser Satz scheint so alt wie der Mercedesturm selbst."

Kirsten hob ihren Kuchen mit der Hand, biss ein kleines Stück ab und aß es auf, dann sagte sie mir mit einem Lachen: „Wenn ich so gut sehen könnte, wäre ich eine Tänzerin oder eine Regisseurin geworden. Ich habe in der Morgendämmerung über den Tag meiner Kindheit nachgedacht, an dem ich mit meinen Eltern im Flugzeug saß. Als Soraw zurückkam, habe ich ihm erzählt, dass ich an diesem Tag ständig meine Eltern fragte, ob die Berge und Flüsse, die wir sehen, zu unserem Land gehören, und sie konnten meine Frage nicht beantworten. Damals dachte ich, dass sie nicht genug von der Welt wissen. Als ich zum ersten Mal allein geflogen bin, habe ich aber verstanden, dass man von oben den Unterschied der Länder nicht erkennen kann. Es gibt die grenzenlosen Berge, Flüsse, Felder und Meere. Man bemerkt die Grenzen erst, wenn die Füße wieder den Erdboden berühren. Dann findet man sich in einem bestimmten Land und in einer ersehnten Stadt.

Soraw erinnerte mich daran, dass das letzte von Menschen gebaute Gebäude, das man vom Himmel aus sehen kann, die Chinesische Mauer sei. Deshalb hab ich ihn gefragt, in welchem Land unser Kind geboren werden soll.

Es war ihm nicht wichtig.

Ich sagte ihm, wenn es so sei, könnten wir vielleicht nächstes Jahr einen Urlaub auf einem Schiff im Pazifik machen und unser Baby dort zur Welt kommen lassen.

Seine Augen strahlten vor Freude. Er nahm meine Hand und küsste sie immer wieder mit geschlossenen Augen. Dann öffnete er seine Augen:
„Kirsten, du bist aber schon siebenundvierzig!"

* * *

Nachwort

Sharam Qawami im Gespräch

Wenn Sie an Ihre Heimat denken – Was sehen Sie, was riechen Sie, was hören Sie zuerst?

Als erstes sehe ich die schönen wilden Berge, die die türkische Regierung täglich bombardiert und die iranische Regierung absichtlich in Brand setzt. Die Heimat riecht für mich nach dem Judenbasar in Sena, auf dem die jüdischen Händler unzählige Gewürze und Heilkräuter verkauften, als ich noch ein Kind war.
Was ich höre, das ist die fabelhafte Stimme des größten kurdischen Sängers, SAY ASKAR KURDISTANI, dessen zauberhafte Stimme für immer hätte verschwinden sollen, wenn seine 14 Lieder durch eine deutsche Gruppe vor hundert Jahren nicht aufgenommen worden wären.

Erzählen Sie uns ein wenig über wichtige Stationen Ihres Lebens. Weshalb wurden Menschen für Sie wichtig und unvergesslich?

Ich glaube, der wichtigste Lebensteil jedes Menschen ist seine Kindheit.
Meine Kindheit war leider vom Krieg und von Unterdrückung geprägt. Als ich sechs Jahre alt war, hat die islamische Regierung Irans Kurdistan angegriffen. In Sena, der Hochburg des Widerstands, haben

die Leute 24 Tage gegen eine große und gutausgerüstete Armee Widerstand geleistet. Dieser Widerstand wurde brutal niedergeschlagen. Aber der Krieg wurde lange in den Bergen und in den Köpfen der Erwachsenen, aber auch der Kinder weitergeführt. Wir hätten zu einer rachsüchtigen Generation werden können.

Aber glücklicherweise ist es nicht passiert, für mich selbst bin ich ganz sicher, obwohl ich viele schlechte und traurige Erfahrungen im Laufe meines Lebens gemacht habe. Fast am Ende meines Studiums wurde ich aus politischen Gründen exmatrikuliert und mehrmals von der Sicherheitsbehörde angehört und verhaftet.

Trotzdem hasse ich immer noch niemanden, weil mich die freundlichen, freiheits- und gerechtigkeitsliebenden Menschen mehr beeinflusst haben.

Sie haben bereits veröffentlicht – Romane und eine Arbeit über Literaturtheorie. Können Sie uns daran etwas teilhaben lassen? Wann und wo entstanden sie, sind sie erschienen, welche Themen griffen sie auf?

Im Jahr 2001 habe ich mein erstes Buch unter dem Titel „Die Erinnerung an die Wunden meiner Mutter" veröffentlicht. Erzählt wird in zehn Kurzgeschichten. Im Jahr 2003 erschien mein erster Roman: „Soheila". Der Hauptcharakter dieses Romans ist ein heroinsüchtiger Mann. Wegen dieses Romans habe ich alle damals im Iran erreichbaren Drogen

probiert. Meinen zweiten Roman veröffentlichte ich 2006: „Das Gedächtnis im Wind". Sein Hauptthema kreist um die Unmöglichkeit des Selbstmordversuchs.
Mein Leben in Bagdad nach der Besetzung durch Amerika spiegelt sich in diesem Roman deutlich wider. Im Jahr 2008 habe ich ein Kritikbuch publizieren lassen. In diesem Buch versuchte ich einen kurdischen Roman durch meine eigene Kritikmethode, nämlich die der „Position Hermeneutik" zu analysieren. Da ich in diesem Buch auch viele Techniken des Romanschreibens erläuterte und verschiedene Kunstarten miteinander verglich, wurde es oft der Literaturtheorie zugeordnet.
Im Jahr 2009 veröffentlichte ich meinen dritten Roman: „Der Langmantelträger". Thematisiert werden in diesem Roman Macht und Illusionen eines vom Putsch bedrohten Staatspräsidenten. Im Jahr 2010 habe ich, kurz bevor ich den Iran verließ, eine Gedichtsammlung: „wir sind bloß mit alt werden beschäftigt" veröffentlicht.

Wie kamen Sie mit europäischer Kunst, Kultur und Philosophie in Kontakt? Entwickelten sich Vorlieben? Was verstärkte sie? Wo blieb Distanz?

Im Jahr 1988 endete der zehnjährige ungleiche Krieg zwischen der iranischen Regierung und den kurdischen iranischen Peschmarga. Dieser Krieg hat das kurdischen Volk viele Opfer gekostet. Ich habe selbst zwei meiner Brüder in diesem Krieg verloren. Nach der unvereinbarten Waffenruhe hat sich die kurdische Gesellschaft für einen friedlichen Krieg entschieden, der als Kuli-Revolution bezeichnet wird.

Was mich und die Leute aus unserem Stadtteil betraf, begann diese Freiheitsbewegung mit heimlichen wöchentlichen Sitzungen. In diesen Sitzungen habe ich viele europäische Literaturen kennengelernt.

Im Laufe der vorangegangenen 26 Jahre beschäftigte ich mich immer mit der europäischen Kunst und Philosophie. Es gibt viele gute Romanschriftsteller im deutschen Sprachraum wie Franz Kafka, Hermann Broch, Heinrich Böll, Thomas Mann usw. Was mir aber in der deutschen Romanbibliothek immer noch fehlt, ist ein realistischer Roman.

Im Gegensatz zum russischen, französischen und englischen Sprachraum gibt es bis jetzt keinen starken realistischen deutschen Roman. Vielleicht klingt es absurd, aber ich glaube, wenn es sie gäbe, dann hat die realistischen deutschen Romane Franz Kafka geschrieben.

Bei der deutschen Musik ist die Situation umgekehrt. Die deutsche klassische Musik entwickelte sich mit der Zeit und in der Zeit, von Bach, Mozart und Beethoven bis Wagner usw. Heute dominiert die deutsche klassische Musik einen großen Teil des Musikreiches. Was aber in diesem Reich fehlt, ist die deutsche postklassische Musik. Mir fehlt ein Mikis Theodorakis in der Geschichte der deutschen Musik.

Aber die Geschichte der deutschen Philosophie ist die Geschichte eines gut gewachsenen Gedankenverlaufs. Dieser begann mit den vier Hauptfragen von Kant. Seine auf Erfahrung und Beobachtung basierende präzise Weltanschauung war eine Wiedergutmachung einer mehr als zwei Jahrtausende bestehenden machtorientierten Philosophie von Platon und Aristoteles.

Nach Kant kamen noch weitere große deutsche Denker, welche die Philosophie stark beeinflussten. Die detaillierten Erklärungen der Deutschen über die wichtigen Begriffe wie Beobachtung, Dialektik, Willen, Dasein … waren in der Wirklichkeit eine Entwicklung vom Idealismus zur Epistemologie, von einer geschlossenen Welt zu einer offenen Welt.

Es gibt in der deutschen Philosophie große Bausteine wie Schopenhauer und Karl Marx, ohne die hätte die große Burg der Philosophie nicht so prächtig sein können.

Können Sie uns die kurdische Literaturtradition / Romantradition beschreiben? Was möchten Sie aus kurdischer Literaturtradition mit europäischer verbinden? Wo sehen Sie Grenzen – wenn ja, wie können Sie aufgelöst bzw. erhellt werden?

Was die kurdischen Romane betrifft, ist eine Deutung sehr schwer. Die Gründe liegen in den komplizierten politischen, wirtschaftlichen und gesellschaftlichen Bedingungen, unter denen die Kurden leben. sie haben die kurdische Sprache stark beeinflusst.

Anders als das Gedicht, das immer zur kurdischen Literaturtradition gehörte und sich auf den Kulturfeldern der Folkloreliteratur entwickeln konnte, war für das Entstehen der kurdischen Romane eine Verwandlung der kurdischen Sprache notwendig.

Die klassischen östlichen und darunter auch kurdischen Dichter sollen diejenigen sein, die von den Blitzen der merkwürdigen, wunderschönen, kraftvollen Ereignisse der äußeren Natur und dem inneren Sich, der Intuition, beeinflusst werden und die diese Beeinflussung durch ihre intime, gefühlvolle Sprache weitergeben können.

Anders als im Gedicht brauchte man für das Schreiben des Romans eine subjektive Sprache, die für einen kurdischen Schreiber im 19. Jahrhundert nicht verfügbar war. Es ist kein Zufall, dass der erste kurdische Roman nicht in den vier Großteilen Kurdistans, sondern im fünften und kleinsten Teil, nämlich Kurdistan von Armenien, das damals zum russischen Reich gehörte, durch einen jesidischen Kurden, Arab Schamo, im Jahr 1935 geschrieben wurde.

Damals durften die Kurden im größten kurdischen Gebiet, Kurdistan der Türkei, sogar in eigenen Häusern, bis vor etwa 20 Jahren war es noch der Fall, nicht kurdisch sprechen. Auch in den anderen drei Teilen Kurdistans durften sie keine offizielle und inoffizielle kurdische Schule besuchen. Aus diesem Grund konnten die Schriftsteller jener Zeit ihre bewussten Sprachkenntnisse nicht erweitern und durch Verwendung vertiefen, was für das Darstellen ihrer Weltanschauung und das Romanschreiben notwendig gewesen wäre.

Ich erinnere an den Gedanken Kants, dass die Begriffe, mit denen wir Erfahrungen machen, nicht selbst das Erfahrene sind, sondern die Bedingungen.

In den siebziger Jahren, nachdem die Kurden in einem Teil Kurdistans – dem Kurdistan des Irak – in den offiziellen Schulen die kurdische Sprache schon gelernt hatten, begann eine Literaturbewegung. Und es gab viele wertvolle Kunstwerke – aber nicht im Bereich des Romans, sondern in der traditionellen Kunst, nämlich der des Gedichts.

Die damaligen Romanschriftsteller mussten einige Aufgaben tragen, die für keinen Romanschriftsteller tragbar sind. Sie haben sich für politische und sprachliche Zwecke instrumentalisieren lassen. Es entwickelten sich viele Genres, wie Widerstandsromane, antimachtorientierte Romane und Gedichtromane, aber es hat keine wirklichen Romane gegeben, lediglich Erzählungen, die sich an der Macht und Propaganda orientierten.

Vor zwanzig Jahren begann ein Strom der Romanschreibung in anderen Teilen Kurdistans. Diese neuen Wellen sind sehr vielfältig, verändern sich stetig und üben Kritik.

Hinzu kam, dass die bis dahin fragmentarische kurdische Sprache sich zu einer reichen, Begriffe tragenden Sprache entwickelte. Aufgrund der Einzigartigkeit und Unberührtheit der Geschichtenelemente und dem noch nicht erzählten historischen Unterbewusstsein dieser Sprache sind große Potentiale erschaffen worden, die durch Schriftsteller benutzt werden können.

Sie legen Ihren ersten Roman auf Deutsch vor – Können Sie beschreiben, womit Sie am meisten ringen mussten und was den größten Reiz ausmachte?

Ich war erst zwei Jahre in Deutschland gewesen, als ich begann, einen Roman auf Deutsch zu schreiben. Die deutschen grammatischen Regeln habe ich schnell gelernt.
Die abstrakten Geschlechtsartikel stimmen mit meinem Mutterdialekt in Kurdisch und auch Persisch nicht überein. In den anderen Dialekten kurdischer Sprache, zum Beispiel Kurmanci, gibt es zwar feminine und maskuline Artikel. Aber es gibt auch einige nachvollziehbare Regeln. Zum Beispiel werden alle Körperteile und Kleidungstücke maskulin genannt. Auch die Pluralformen waren anders klassifizierbar, wieder im Gegensatz zum Kurdischen und Persischen. Dann musste ich diese nicht reglementierten Artikel und Pluralformen mit der arabischen Sprache vergleichen und sie von Anfang an simultan zu Substantiven auswendig lernen, ohne nach festen Regeln zu suchen.
Dann traten Probleme mit den Präpositionen auf. So viele Präpositionen, deren Anwendungen nicht

reglementiert waren. Es gibt oft keine sprachwissenschaftlichen Regeln bei der Verwendung der Präpositionen. Warum muss man unbedingt sagen: „Du machst dich lustig über mich" und nicht „auf mich." Warum sagt man: „Ich frage dich", aber – „ich antworte dir"?
Das noch größere Problem waren für mich in diesem Zusammenhang die sprachwissenschaftlichen Erwartungen. Einige grammatische Regeln widersprechen der Syntax und der Semantik meiner Sprache und auch der allgemeinen Sprachwissenschaft. Warum muss unbedingt nach FÜR das Substantiv im Akkusativ stehen, obwohl es synthetisch und semantisch gesehen Dativ ist? „Dieser Apfel für dich." Warum steht die zweite Person hier im Akkusativ, obwohl sie ein Dativ-Objekt ist? Dieser Satz bedeutet: Ich gebe DIR einen Apfel.
Es scheint mir so, dass die deutsche Sprache sich in diesen Bereichen pauschalisiert hat.
Es ist zwar richtig, dass viele Präpositionen oft einen bestimmten Kasus verlangen. Wenn man sagt: Ich kann ohne meine Tablette (Akkusativ) nicht schlafen, bedeutet das: Ich brauche meine Tablette (Akkusativ), um zu schlafen.
Aber diese Regel passt nicht vollkommen für FÜR. Interessanterweise gibt es im Deutschen auch Abweichungen von dieser festen Regel: Was für ein Baum ist das?
Sigmund Freud hat schön gesagt: Die Menschen, die am Strand leben, hören die Stimme der Wellen nicht.

Mein weiteres Bemühen galt dem Begreifen der Redewendungen und Sprichwörter. Mir scheint es so, dass sich viele nicht nach semantischer oder phänomenologischer Logik, sondern nach praktischen Zwecken deuten lassen. Ich nenne ein Beispiel: „Mit den Wölfen heulen". Ist hier ein Befehlen, ein Empfehlen oder ein Verspotten gemeint?

In Englisch ist das synonyme Sprichwort empfehlend und positiv zu deuten: „go with flow". In der persischen Sprache ist es auch so. In Kurdisch klingt es ganz schlimm und stinkt nach Doppelmord.

Aber so, wie ich es verstanden habe, hängt die Bedeutung dieses Sprichwortes im Deutschen von der praktischen Situation ab, auch wenn man es in der Imperativform benutzt: „Heule mit den Wölfen."

Bei dem berühmten Sprichwort: „Zeit ist Geld" ist eine Definition noch schwerer, wenn man weiß, dass „Sein und Zeit" von Martin Heidegger vor neunzig Jahren auf Deutsch geschrieben wurde und die Deutschen besser wissen sollten, dass die Zeit eine Hauptdimension der Existenz ist.

Namensgebung spielt in der Literatur immer eine große Rolle – Können Sie dem Leser erklären, welche weiteren Bezüge / Bedeutungen es bei der Namensgebung Ihrer Figuren im Roman gibt?

Der Name Issa ist die östliche Version von Jesus (Kristos) und Kirsten eine skandinavische Variante desselben Namen. Soraw auf Kurdisch bedeutet die Kraft des Wassers. Er war der Sohn des berühmtesten mythischen Helden des Mittleren Osten, der durch seinen Vater niederträchtig mit einem Dolch im Zweikampf erstochen wurde.

Erst dann bemerkte der Vater, dass er seinen eigenen Sohn tödlich getroffen hatte. Er ritt so schnell er konnte zum Königsschloss, um seinem Sohn Heilmittel zu holen. Aber dort ließ man ihn lange warten, so dass er seinen Sohn erst nach dessen Tod erreichte, mit dem Heilmittel in der Hand.

Aus diesem Mythos heraus symbolisiert Soraw zum einen eine Art des Infantizids, der Tötung des eigenen Sohnes im Osten und zum anderen auch ein östliches Sprichwort: „Das Heilmittel nach Soraws Tod".

Margret wird in Kurdisch Mrwary ausgesprochen und besteht aus zwei Substantiven: Mr (Das Licht) + Wary (der Regen). Nach einem östlichen Mythos wird eine Perle entstehen, indem das Licht des Mondes einen Regentropfen durchdringt und dann in eine Muschel fällt. Mr symbolisiert Mitra, die Göttin des Lichtes und Wary symbolisiert Anahita, die Göttin des Regens. Beide sind die Hauptgöttinnen des Mithraismus, aus dem das Christentum im zweiten Jahrhundert durch Plotin und andere Neuplatoniker entstand. Und der kurdische Name Awin bedeutet die Liebe.

Sind Kindheit und Sexualität ein Tabu? Wie werden Heranwachsende über Sexualität aufgeklärt, wie definieren sie sich über die Sexualität? Ich denke hier an Szenen im Buch, aber auch darüber hinaus (im kurdischen Land, im Iran, im Mittleren Osten).

Der Prophet der Moslems, Mohammad, hat das Alter der Eheschließung auf neun Jahre reduziert, um mit dem Mädchen seines Freundes, der ersten Khalifa Islams, eine Ehe eingehen zu können. Von da an ist Neun das legale Heiratsalter der muslimischen Frauen.

Bis vor vierzig Jahren war das Heiratsalter in der kurdischen Gesellschaft, je nach körperlicher Größe, ab vierzehn Jahre akzeptierbar.

Meine Mutter zum Beispiel musste vor sechzig Jahren mit dreizehn Jahren heiraten. Heutzutage liegt dieses Alter nach einem ungeschriebenen gesellschaftlichen Vertrag bei einem Alter von über zwanzig Jahren.

Die kurdische Gesellschaft, im Besonderen in Ost- und Westteilen Kurdistans, dem Kurdistan des Iran und Syriens, ist überwiegend säkular. Aber aus praktischen Gründen und, bei den Intellektuellen, aus physiologischen und psychologischen Kenntnissen, wird Sex zwischen Erwachsenen und Minderjährigen streng abgelehnt.

Jedoch Sex oder besser gesagt, das Sexspiel zwischen Kindern, gehört zur Normalität der kurdischen Gesellschaft, weil über die sexuellen Themen, ganz anderes als in anderen Teilen des Islamgebietes, in Kurdistan offen gesprochen wird. Es werden auf den kurdischen Hochzeiten die Lieder gesungen, die man in anderen Teilen der Muslimwelt nicht hören und nie singen darf.

Zum Beispiel dieses Folklorelied „Deine Brüste lassen wie Granatäpfel Wasser aus dem Mund fließen,

ich drücke sie, und sie spritzen." Als Folge dieser Offenheit sind dort den Kindern die sexuellen Begriffe viel früher bekannt.
Ich kann Ihnen von mir selbst erzählen. Als ich Kind war, lebte eine verheiratete Frau in unserem Stadtviertel, die oft mit ihrem Freund fremdging. Daher sahen die Leute sie als eine Hure an. Damals war ich sechs Jahre alt. Trotzdem haben meine Freunde und ich abgemacht, unser Taschengeld zu sparen, um mit dieser hübschen Frau schlafen zu können. Das ging aber im ersten Schritt schief, weil wir uns nach einigen Tagen lieber für Schokolade entschieden haben.

Die Frauen in Ihrem Text sind sinnlich und leichtsinnig, Mittelpunkt und Randepisode, von unglaublicher Tapferkeit und voller Selbstbewusstsein, manchmal erscheinen sie mir aber auch als Stichwortgeber für den sich mitteilenden Mann – können Sie mir zustimmen? Was wäre Ihre Sicht auf die moderne Frau in Europa heute? Wo sehen Sie die Frauen in Ihrer Heimat? Und in diesem Zusammenhang – was bedeutet eine Ehe auf Zeit?

Mit den Ereignissen von Kobane und der Teilnahme der Frauen in einer großen Zahl im Krieg gegen den IS wurde die öffentliche Meinung auf eine Besonderheit der Kurden aufmerksam, die es schon immer gab und die zur kurdischen Tradition gehörte. Aufgrund der geografischen, wirtschaftlichen und historischen Gegebenheiten und ihrer noch lebendigen ursprünglichen Weltanschauung, des Mithraismus, spielen Frauen in der kurdischen Gesellschaft eine zentrale Rolle.

Die Mütter werden in Kurdisch oft ‚Keiwanu' genannt und dies bedeutet: der Gott des Hauses. Sie tanzen mit den Männern Hand in Hand und arbeiten mit ihnen auf den Äckern. Wenn ein Mann in einem kurdischen Dorf an die Tür klopft, bei der Abwesenheit des Mannes, wird er höchstwahrscheinlich von einer weiblichen Person herzlich willkommen geheißen, ohne dass dieses Ereignis in ihrer kleinen Gemeinde auffallen würde.

In kurdischen Gesellschaften werden die Männer nach dem Namen ihrer Mütter benannt, was im Mittleren Osten nicht üblich ist. Es gibt in der kurdischen Geschichte zahlreiche Führerinnen. Aber das bedeutet nicht, dass dies in allen Teilen Kurdistans so ist. Es gibt auch Gebiete, in denen Gewaltanwendung gegen die Frauen, Zwangsheirat und Ehrenmord keine Seltenheit sind. Man findet dies besonders in den Stammesgesellschaften, die über große Ackerflächen verfügen und wo Feudalismus und frauenfeindliche Ideologie, Islam, historisch gesehen, dominieren.

Warum aber sind die Kurdinnen so mutig? Ich kann sagen, weil unter anderem auch die Wünsche der Männer und deren Eltern eine wichtige Rolle spielen. Ich kann von Sena berichten. Ich habe dort Jungen gesehen, die von Mädchen verprügelt wurden, weil sie durch deren Eltern zur Selbstverteidigung motiviert worden waren. Dort ist für die Männer der neuen Generation eine attraktive Lady nicht diejenige, die sich vor Insekten fürchtet und sich vor verschiedenen Dingen ekelt, sondern diejenige, die vor nichts Angst hat und ganz selbstverständlich bittere Schnäpse trinkt.

Ich weiß nicht, ob die moderne Frau ein passender Begriff für heutige Frauen Europas ist oder nicht. Die Freiheitsbewegung der Frauen in Europa hat eine lange Geschichte und ist zu einer Haupttradition der Wünsche nach Freiheit und Gerechtigkeit geworden, mit zahlreichen wichtigen Persönlichkeiten wie Rosa Luxemburg, Hannah Arendt, Simone de Beauvoir, Virginia Woolf usw. Dies waren Ergebnisse eines historischen Kampfes gegen Ungerechtigkeit in den industrialisierten Ländern und hatten großen Einfluss auf den Gedankenverlauf der Menschen in der ganzen Welt. Solche Freiheitsaktivistinnen haben eine goldene Epoche der sozialen Kämpfe gegen Diskriminierung eingeleitet, in der die Menschen um ihre menschliche Existenz gekämpft haben.

Was heute in Europa, im Bezug zu Frauen, im ersten Blick zu sehen ist, ist die Politikverdrossenheit, sowohl bei den Alten als auch bei den Jungen. Die einflussreichen faszinierenden Denkerinnen gehören zur Geschichte Europas. Trotzdem haben die verbreiteten und gut organisierten Demonstrationen gegen die Freihandelsabkommen TTIP und CETA die geistige Anwesenheit jener großen Frauen gezeigt. Leider gab es bis jetzt im Mittleren und Nahen Osten solche Denkerinnen noch nicht.

Die Ehe auf Zeit ist eine Art der von Schiiten legalisierten Prostitutionsform. Ein schiitischer Mullah kann sowohl eine Ehe auf Dauer oder auf Zeit, ein Jahr, eine Woche und sogar einige Stunden schließen. Die schiitische Einrichtungen und dazugehörige Missionare kriegen ihre Provision und die Zeitehepaare bekommen eine Genehmigung der Legalität und Legitimation.

Diese Art von Sexverkauf finde ich genauso schlimm wie die legale Prostitution in Deutschland, bei der nicht die oft aus Osteuropa transportierten Frauen, sondern die Pornoindustrie profitiert.

Warum beschreiben Sie so detailliert eine so grauenhafte Folterszene?

Eine noch bessere Frage könnte es sein, warum wir in einer so grausamen Welt leben müssen!

Doch Sie fragen, warum es eine so grauenhafte Folterszene gibt? Detaillierte Beschreibung gehört zum Roman. Sie können behaupten, die Leute sehen, hören und lesen genug von solchen Szenen in den Nachrichten und kennen solche Grausamkeiten. Aber ich bin der Meinung, dass die großen Medien immer versuchen, uns die manipulierten, zweckorientierten Nachrichten zu übergeben. Was uns durch Massenmedien täglich präsentiert wird, sind oft zweckorientierte Produkte.

Wir bekommen detaillierte Nachrichten über die Weltkatastrophen, wenn sie zu den Zielen der Finanzindustrie passen. Über Hauptkatastrophen der

Welt werden uns entweder ausgewählte hoch emotionalisierte, enorm hervorgehobene Ereignisse oder emotionsfreie, pure Zahlen präsentiert.

Jeder kann wissen, dass jährlich mehr als siebzehn Millionen Menschen auf unserem Planet vor Hunger sterben. Informationen sind da und die Zahlen mögen ganz genau stimmen, aber sie sind nur Ziffern. Wir werden ständig in den Nachrichten mit Zahlen bombardiert und sind gegen sie immun geworden und das ist gefährlicher als Immunität gegen die Antibiotika.

Wir müssen wissen und spüren, dass diese Summen aus einzelnen Menschen bestanden, die die gleichen Gefühle und Identität hatten oder haben wie wir. Jede einzelne Person, die in einer Folterkammer gefoltert wird, hat dasselbe Nervensystem wie wir. Jeder von Hunger gezeichnete und vom Tod bedrohte Mensch hat das gleiche Recht aufs Leben wie wir, weil keine Elite oder Nation unseren Planet erschaffen hat.

Und die Erde existierte 4.8 Milliarden Jahre, bevor das arrogante hochnäsige Tier entstand. Ich glaube, es gehört zur Aufgabe der Literatur zu versuchen, den von Identität leer gewordenen Menschenzahlen ihre gestohlene Existenz zurückzugeben.

Können Sie – über Ihren Roman hinaus – erzählen, welche Tradition, welcher Bedeutung ein Tawab hatte bzw. heute noch hat? Kann ein Tawab wieder in die Gemeinschaft aufgenommen werden? Oder bleibt er auf immer ein Tawab? Wer oder was wandelt einen Menschen in einen Tawab?

Würde man sich aufs Wort Tawab konzentrieren, wäre es nur ein Begriff aus Ostkurdistan, ein Wort, das durch die iranische Regierung zu bestimmten Zwecken in einer gedachten Bedeutung in einer bestimmten Zeit verwendet wurde.
Aufgrund der gesellschaftlichen Veränderungen, friedlicher rationaler Aktivitäten und sinkender geistiger Autorität der kurdischen Parteien hat dieser Begriff seine gravierende Bedeutung verloren.
Der neuen Generation im Kurdistan Irans klingt dieser Begriff sogar fremd. In Südkurdistan, gab es dieses Wort nicht, aber das Phänomen war bis vor 25 Jahren sogar katastrophaler.
Als aber vor etwa 25 Jahren in diesem Teil Kurdistans die kurdischen Parteien an die Macht kamen, wurden die Wertestrukturen der Menschen sehr schnell zerbrochen.
Die Leute haben selbst gesehen und erlebt, wie schnell ihr heilig gesehenes Volksmilitär sich in ihren großen Feind verwandelte, wie es ein korruptes System aufgebaute und die Vetternwirtschaft grenzenlos erweiterte und die behaupteten Werte mit Füßen trat.
Der Begriff Tawab mag bald in anderen zwei Teilen Kurdistans auch vergessen werden, aber die Narben der Wunden, die dieser Begriff in den Seelen der Betroffenen hinterließ, wird nie verschwunden sein.

Spielt die mehrfache Erwähnung des Iran für Sie eine besondere Rolle? Oder könnte man auch auf

Ländernamen verzichten, weil das Leid der Kurden in allen Staaten, in denen sie leben, ähnlich ist in der Unterdrückung und Verfolgung? Oder ist es lediglich der biografische Hintergrund, der dies anstößt?

Iran ist hier eine Lokation wie Kurdistan oder Deutschland. Ich interessiere mich nicht für die Grenze. Jedes Land ist durch Zusammenstoßen der inneren und äußeren Kräfte entstanden. Iran wird, wie alle anderen Länder den Bewohnern als einzigartig verkauft und seine Grenze heilig genannt. Seit fast neunzig Jahren wird dieser Name für ein Land benutzt. Vorher wurde er für ein Plateau benutzt. Ich habe in meinen vorigen Romanen verschiedene Lokationen benutzt. Die Hauptlokation meines ersten Romans war Sena. Für meinen zweiten Roman war es Bagdad. Die Narration meines dritten Romans wurde in einer abstrakten Welt angesiedelt.

In einem Abschnitt Ihres Romans mischen sich Szenen aus einem despotischen Königshaus mit Auftritten antiker Philosophen – Was gilt der Mensch? Wann ist er Sklave?
Was wie ein Bruch im Text erscheint, korrespondiert aber auch mit dem Geschehen vorher und danach. Wie beschreiben Sie die Funktion dieses Teils des Romans. Oder auch anders formuliert: Warum soll ich antiken Philosophen lauschen in einer despotischen Zeit – heute ist doch alles anders? Oder? (Die beiden letzten Sätze mögen sarkastisch klingen.)

Dieser Teil beschreibt die Entstehung eines Gerichtes. Was hier dargestellt wird, ist ein politisches Gericht. Aber meiner Ansicht nach ist der Prozess aller Gerichte fast gleich. Hinter jeder Gerichtsvorstellung steht eine Macht, die ihre Vorteile und Zwecke legitimieren will. Diese Mächte bleiben weit entfernt und lassen andere Leute oder sogar Gott an ihrer Stelle ihre Pläne realisieren.

Mit den Gerichten meine ich nicht einzig und allein die Justizeinrichtungen, sondern auch gesellschaftliche, wirtschaftliche, politische und auch literarische Gerichte, in denen über die verschiedenen menschlichen Themen zweckorientiert diskutiert und gegen den sich verweigernden, gegen den kritischen Menschen ein Urteil gesprochen wird.

Diese Sitzungen finden in den heutigen politischen Shows ebenso wie auf kurdischen Hochzeiten, wo ein Tawab zum Dreck diffamiert wird, statt. Die Menschen wuchsen und wachsen, im Unterschied zu den Tieren, in einer Urteils- und Vorurteilskultur auf.

Die Geschichte der Macht ist auch eine Geschichte des kontrollierenden Gedankensystems. In diesem System werden Himmel oder Geld vergöttert, Religion, Ideologie oder Anarchismus und sogar Gleichgültigkeit als Betäubungsmittel benutzt. Propheten oder Ideengeber, Denkmacher – im Sinne eines Handwerkers, zum Beispiel eines Schuhmachers – werden engagiert und sie produzieren Denkschablonen und vertiefen sie in den Kirchen, Moscheen oder in den Schulen und Universitäten.

Diese Urteile krochen unter die Haut der Gesellschaft und verwandeln sich zu unseren eigenen Entscheidungen und zu unserem sprachlichen Unterbewusstsein.
Was mich als Schriftsteller betrifft, ist es der schlimmste Fall, wenn die Kunst auch in diesem verheerenden Machtzirkus mitspielt. Es finden täglich unzählige Literaturgerichte in den Zeitschriften und Fernsehprogrammen statt, in denen die von Mächtigen bestätigten, gebastelten Werke als Kunstwerke verkauft werden. Oder – die denen nicht passenden Kunststücke werden verachtet und im schlimmsten Fall ganz ignoriert.

Wann haben Sie diesen Roman abgeschlossen? Oder ist diese Frage für „Brücke des Tanzes" irrelevant? Ich frage in diesem Zusammenhang auch: Wenn Sie Ihren Roman selbst charakterisieren bzw. einordnen müssten – welche Worte scheinen Ihnen wichtig?

Ich erinnere mich genau, am 30. Juli 2013 schloss ich diesen Roman ab, es war ein Dienstag, gegen Abend. Ich bin danach fast drei Stunden umhergelaufen, im Wald, überall.
Meinen Roman selbst charakterisieren? Ich gehöre nicht zu den Autoren, die über Ihre Werke einfach reden können. Das ist sehr schwer … Ich glaube, man kann diesen Roman als einen real-expressionistischen Roman lesen.
Alle Signs, die sich in diesem Buch befinden, können ganz real gesehen werden, aber es ist möglich,

sie auch als Icon sehen. Alles: Geburt und Tod, aber auch ganz einfach Bier und Schnaps, alles.

Glauben Sie überhaupt an die Philosophie? Wenn ja, was macht Philosophie für Sie anziehend? Was stößt Sie ab? Kann man von einem mittel-östlichen Philosophie-System reden?

Natürlich gab und gibt es immer noch die Philosophie. Insbesondere, wenn man die ursprüngliche Bedeutung der Philosophie, die Liebe zur Weisheit, in Betracht zieht. Sowohl im Westen als auch im Osten, in der Antike wie in der Zukunft. Da ich in meinem Roman öfter die abendländische Philosophie genannt habe und dieser Begriff aus dem griechischen Wortschatz stammt, konzentriere ich mich hier auf die abendländische Weisheit. Diese Philosophie begann mit der Liebe zur Natur. Der erste uns bekannte abendländische Philosoph war ein Naturforscher, der in den ausgetrockneten Brunnen stieg, um die Sternenzüge besser beobachten zu können. Die später geborenen Philosophen führten die naturwissenschaftliche Philosophie ein durch die Beobachtung der Welt und die darin sichtbaren Phänomene.

Dieser Weg zur Hinwendung an die Weisheit erreicht mit Heraklit seinen Höhepunkt. Heraklit erschuf eine Methode der Weltanschauung, die uns immer noch fasziniert. Im Zeitalter der Quantenphysik und der Urknalltheorie kommen uns seine Sätze immer noch neu vor: „Man kann nicht zweimal

in denselben Fluss steigen." Nach so vielen Jahren können wir immer noch aus den von ihm geöffneten Fenstern über die grenzenlose, sich bewegende, uns sichtbare und nicht ganz erreichbare Welt blicken.
Aber parallel zu dieser Weltanschauung entstand ein anderer Gedankengang und zwar von einem seiner Zeitgenossen, Parmenides. Er meinte, die Welt und alle in der Welt existierenden Phänomene seien unbeweglich. Sie verändern sich nicht, sondern bleiben immer unveränderlich und was wir als Veränderung der Dinge wahrnehmen, ist nur eine Laufbahn von Sein oder Nichtsein. Wenn ich ein Kind bin, bin ich kein Erwachsener und wenn ich ein Erwachsener bin, bin ich nicht mehr ein Kind. Er behauptete, das Sein besteht aus allen in dem Moment dazugehörigen Eigenschaften, die als Sein existieren und nach diesem einmaligen Sein gibt es ein Nicht-Sein.
Sein Schüler, Zenon, versuchte diese These mit dem Paradoxon von Achilles und der Schildkröte zu belegen, welches durch die Mathematik der Neuzeit gelöst wurde. Dieses nicht zur Welt passende Gedankensystem führte bei Platon und Aristoteles zum Absolutismus.
Zum einen durch die unveränderlichen ewig bestehenden Ideen zur alten, geschlossenen, nicht veränderbaren Welt, und zum anderen zu derselben unveränderlichen Welt, aber anders bezeichnet, der Welt der Substanzen.
Dieser politisch- und machtorientierte Absolutismus ließ zweitausend Jahre die Bahn der Gedanken in Ignoranz zementieren. Ihre verheerenden Einflüsse

sehen wir immer noch in der modernen Philosophie. Meiner Ansicht nach begann die Renaissance nicht mit der bekannten Entdeckung von Kopernikus. Die Menschheit hat diese Tatsache vor zweitausend Jahren entdeckt, ich verweise auf Philolaos.

Ich behaupte, dass die Philosophen und Wissenschaftler der Renaissance fast nichts gemacht haben, außer falsche Vermutungen und die als Verse gesehenen falschen Theorien von Aristoteles zu korrigieren.

Platon und Aristoteles werden heutzutage nicht nur oft als die größten Philosophen der Gedankengeschichte geehrt, sondern auch ihre Logikmethode, Deduktion und Induktion im modernen Kontraktualismus, bei John Harsanyi oder John Rawls und erstaunlicherweise bei den rekonstruierten moralischen Diskursen der intersubjektiven Rechtfertigungsdiskurse von Karl-Otto Apel als Beweismittel benutzt, obwohl wir nach David Hume und Karl Popper diese Methode mindestens stark hätten bezweifeln sollen.

Man kann auch deutlich sagen, dass Induktion und Deduktion, beim philosophischen Gebrauch, keine Forschungsmittel, sondern zwei verschiedene Wege sind, durch die man versucht, ein vorausgedachtes Ergebnis zu beweisen.

Man kann im europäischen Sinn einige Philosophen in der Geschichte des Mittleren Ostens finden, zum Beispiel Aviccena und Ibn Rushd. Aber meiner Meinung nach waren sie nur Erklärer des idealistischen

griechischen Gedankensystems. Das bedeutet aber nicht, dass es im Osten keine eigene Weltanschauung gab. Wenn man auf die ursprüngliche Philosophie, nämlich die naturwissenschaftliche Philosophie zurückblickt, von Thales bis Pythagoras, bemerkt man, dass ihre Wurzeln aus dem Osten stammen. Trotzdem können wir keine Philosophiegeschichte des Ostens klassifizieren. Ganz anders als die westliche Philosophie ist die östliche mit Literatur und besonders mit dem Gedicht gemischt.
Es gibt zahlreiche Dichter, wie Omar Khayam, Ahmade Khani und Malwlawy Balxi, deren tiefe Ansichten in Bezug zum Weltall eine bemerkenswerte Geschichte der Weisheit erschaffen haben, die man, historisch gesehen, nicht zu einem philosophischen System zusammenfügen kann. Man kann in diesen Gedichten nicht nur die klassischen europäischen Ansichten von Epikureismus und Fatalismus, sondern auch Hauptgedanken des Subjektivismus und des Existenzialismus usw. lange vor ihrem Entstehen in Europa finden. Trotzdem kann man solche Kunstwerke aus Mangel an Präzision und subjektiver Interpretation nicht in der Philosophiegeschichte platzieren. Man kann nur von philosophischen Auffassungen oder einem Weisheitsvermögen sprechen.

Gäbe es eine Weltphilosophie – welche Grund-Sätze müsste sie postulieren? Gibt es Philosophen / Philosophien, die auf Sie besonders anregend wirken?

Kein Philosoph hat mich so stark fasziniert wie Heraklit, obwohl wir wissen, dass keine einzige Schrift von ihm geblieben ist. Alles, was wir von ihm besitzen, was wir von ihm wissen, sind nur einige Sätze, die meisten durch seine Gegner für eigene Zwecke überliefert worden sind. Trotzdem sind diese Sätze so tief und so stark miteinander verbunden, dass sie ein prächtiges Gedankensystem aufgebaut haben. Weiter oben habe ich seinen berühmten Satz über die fließende Welt schon genannt. Ich erinnere Sie an einige dieser Sentenzen:
„Der Weg auf und ab ist ein und derselbe." Dieser Satz klingt ganz einfach, aber er wirkt stark. Für mich bedeutet er: Es gibt keinen Herauf- oder Herunter-Weg. Es hängt von unserem Blickwinkel und der Richtung ab, in die wir gehen wollen.
Als Schriftsteller hat mir dieser Satz sehr geholfen. Aus diesem Satz lese ich heraus, dass ein Verbrecher und ein Wohltätiger oder ein Märtyrer und ein Mörder derselbe sein kann. Besser gesagt, unsere Entscheidungen und Urteile hängen von unserer Perspektive und unseren erwünschten Zielen ab.
Heraklit sagte auch: „Die Grenze des Geistes kann man nie erreichen, soweit man wandelt." Das bedeutet für mich, dass ich nie ein Wesen voller Geist vollkommen erkennen und beschreiben kann, auch wenn ich mich in meinem ganzen Leben nur mit einer einzigen Person oder sogar mit einem nichtsprechenden Lebewesen beschäftige. Es bedeutet, dass ein großer wertvoller Roman nur ein Blitz im Himmel der Existenz sein kann, welcher für einige

Sekunden einen kleinen Teil unserer Welt beleuchten kann.

Und da ist auch ein weiterer Satz von Heraklit: „Der Blitz steuert alles." Vor und nach dem Blitz herrscht Dunkelheit. Wir wissen nichts von unserer Vergangenheit, als unser Sperma noch nicht in der Natur entstanden war und auch nichts von unserer Zukunft. Unser Leben ist wie ein Blitz, der einige Momente dauert. Aber ein Maler kann diesen Blitz zeichnen und ein Schriftsteller ihn beschreiben, damit unsere einzigartige einmalige Welt länger leuchten könnte und die nach uns kommenden Menschen ihre Sterblichkeitsgefühle trösten können.

Oder sein berühmter Satz: „Der Krieg ist der Vater aller Dinge." Dieser Satz wird oft in verdrehender Weise ausgenutzt. Wenn man über alle von Heraklit noch gebliebene Sätze nachdenkt, kann man verstehen, dass hier Konflikt, Auseinandersetzung oder sogar Dialektik gemeint sind. Die Welt und alle in ihr sich befindenden Dinge, Lebewesen und von denen bestandenen Gefühle und Gedanken werden in kriegerischer Weise und durch Widerspruch geführt. Oder die Welt besteht aus Paradoxien - aus den Konflikten zwischen Licht und Dunkelheit, Hass und Liebe, Krankheit und Gesundheit usw. Wenn ich nie krank gewesen wäre, hätte ich niemals die Bedeutung der Gesundheit verstanden. Mit diesem Satz verbinde ich, wenn wir unsere grausame Welt verändern wollen, müssen wir sie mit Barmherzigkeit bekämpfen.

Wir müssen unsere Welt schöner machen, wenn wir die Hässlichkeit bekämpfen wollen. Ich finde die Philosophie Heraklits ausgezeichnet und verstehe, warum Nietzsche ihn so außerordentlich gelobt hat. Was ich nicht verstehe, ist, wie man an den Übermenschen glauben kann, wenn er mitdenkt, dass die Grenze des Geistes unerreichbar bleibt, soweit wir wandeln.

Wie kann man die ewigen Wahrheiten finden?

Es gibt viele semantische Probleme bei der Definition dieses Wortes. Ich kenne kein anderes Wort, das so massiv überinterpretiert worden ist. Nicht nur im Deutschen, sondern auch in anderen Sprachen, die ich kenne, außer Kurdisch.
Dieses Wort soll das Gegenteil von der Lüge sein. Ich sage dir die Wahrheit - Ich belüge dich nicht. Wenn man diese beiden Wörter ins Kurdische übersetzen will, braucht man in allen Fällen nur zwei Synonyme (Rasti-Dro). Aber es geht nicht in Arabisch oder Persisch zum Beispiel so einfach. Wenn man jedes dieser Wörter allein benutzt, sind die Synonyme klar. In Arabisch (Haqiqat-Kezb) und in Persisch (Haqiqat-Dorugh). Aber wenn man die beiden Wörter zusammenfügt (die Wahrheit oder die Lüge), braucht man für das Übersetzen andere Wörter und Sprachvarianten. In Arabisch (Alhaqiqat ew Albatel) und in Persisch eine solcher Varianten (Drosti ya Nadrosti – Haqiqat ya Kezb).

In Kurdisch kann man immer anstatt der Wahrheit das Wort Rasti benutzen. Aber dieses Wort wird in einem philosophischen Text die Bedeutungsstärke heftig minimieren. Wenn Sie das Wort mit dieser starken Bedeutung meinen, an die glaube ich nicht. Ich glaube lieber an die bekannteste sophistische Lehraussage von Protagoras: „Der Mensch ist das Maß aller Dinge, der seienden, dass sie sind, der nichtseienden, dass sie nicht sind." Ich meine auch, dass jede einzelne Person das Maß aller Dinge ist.

Was verstehen wir von der Wahrheit der Dinge? Wir nehmen die Besonderheiten der Dinge wahr, die uns erscheinen; durch unsere fünf Sinnesorgane, Erfahrungen, Gedanken und die Instrumente. Aber keine dieser Wahrnehmungs-Mittel und Instrumente sind einwandfrei und alle sind veränderlich. Wir können die Sachen nur wahrnehmen. Deswegen finde ich, dass das Wort Wahrnehmung eine bessere Alternative ist für die Wahrheit in der philosophischen Bedeutung. Man kann seine Wahrnehmung aus verschiedenen Gründen und Zwecken mitteilen. Wenn man diese von ihm wahrgenommenen Tatsachen anderen Menschen mitteilen will, beginnt die Philosophie.

Diese philosophische Tätigkeit entsteht in den zwei Sprachformen, Selbstdiskussion und Diskussion. Solche Tätigkeit kann nicht durch einen Monolog entstehen. Ich meine nicht, dass der Monolog keine philosophischen Gedanken übergeben kann. Das passiert oft. Aber der Prozess des Gedankens läuft vorher, in Formen von Selbstdiskussion oder Diskussion mit anderen.

Mit dem Monolog bleibt das philosophische Denken stehen, taucht die Wahrheit auf und beginnt der Absolutismus. Und genau das ist mit dem bekanntesten Monologtext der Geschichte passiert; als Platon die philosophischen Diskussionen seines Lehrers in einen Monolog erstarren ließ. Sein Schüler hat nicht eine Diskussion mit ihm geführt, sondern weitere Monologtexte verfasst und so begannen die Zeitalter der Monologie, die wir als das Mittelalter bezeichnen.

Erst im sechzehnten Jahrhundert, infolge der großen politischen und wirtschaftlichen Veränderungen, die die Eroberung von Konstantinus und Entdeckung von Amerika verursacht haben, entstand ein gesellschaftliches Potential, mit dem unzählige Denker diese Monologherrschaft außer Kraft setzen und die Zeitalter der Diskussion starten konnten. Innerhalb dieser Phase hat Feuerbach den Tod der damaligen Wahrheit, des Gottes, verkündet.

Dieses Zeitalter erreichte mit einem Diskussionstext von Friedrich Engels: „Anti-Düring" seinen Höhepunkt. Im zwanzigsten Jahrhundert wurden die Weltanschauungen oft in zwei Monologarten, dem marxistisch-leninistischen Monolog und dem liberalkapitalistischen Monolog geführt.

Nach dem Zusammenbruch der Sowjetunion feierten die Denkarbeiter des Kapitalismus ihren endlichen Sieg und sagten das Ende der Geschichte voraus und versuchten es durch ihre monologartigen Sprachspiele zu beweisen. Aber nach der letzten globalen Finanzkrise wurde dieser Monismus wieder in Frage gestellt. Noch vor der Finanzkrise mussten einige Denker der westlichen kapital-liberalistischen Schule die Anwesenheit des Marxgeistes in den Gesellschaften zugeben. Die kapitalistische Wahrheit wird nicht mehr als selbstverständlich gesehen, trotz aller Bemühungen der kapitalistischen Denkfabriken. Es gibt einen Beginn, die Sklaverei des globalen Kapitalismus wieder ins Licht der Öffentlichkeit zu bringen. Heute spricht man, auch in Amerika, nicht nur vom Zweckrationalisieren, sondern vom egoistischen Rationalisieren und einem von der Finanzindustrie hergestellten weltweiten Kontrollsystem, das nicht mehr durch kommunikatives Rationalisieren zu bekämpfen ist, sondern durch eine massive objektive Anwesenheit der Bürger und der radikalen Subjektivität.

Die Rolle des Schriftstellers wird durchaus kritisch beschrieben in Ihrem Text – Welche Rolle hätte er in der heutigen Zeit – in Europa und im Nahen und Mittleren Osten?

Ich will die Rolle der Schriftsteller weder über- noch unterschätzen. Schreiben kann ein Beruf oder eine Berufung sein. Ein Romanschriftsteller ist wie ein Bauer, der Kartoffeln anbaut. Aber vielleicht wie ein ehrgeiziger Bauer, der eine Kartoffelsorte produzieren möchte, die nach Fleisch schmeckt, damit die Menschen weniger Tiere umbringen.

Die Fragen stellte Siegfried Nucke.